陳慧樺詩集

我想像一頭駱駝

目錄

【序】

第一輯◆不是風景／旅遊草

[3.]

第二輯◆城市記憶

第三輯◆我想像一頭駱駝

[7.]

序 2篇

0.5

[9.]

旅遊／亞洲的後殖民記憶

——兼述陳慧樺詩中的各個基調

◎古添洪

要恰切地了解陳慧樺的詩歌，並掌握其詩學上的基調，就得回溯到他於一九六八年所寫的一篇詩論文字〈現代詩的純與不純〉。在這篇文字裏，陳慧樺引用了艾略特等歐美現代詩人的一些詩觀念，而陳慧樺立場則偏向於「非純」的詩「內涵」，而前提是此「濁」的詩「內涵」，必須融化於「純」的詩「形式」之內。這個基調貫通了陳慧樺詩歌的主要部分，而這個基調也多多少少與台灣詩壇的流行格局略有相左，也就某程度地造成他的詩歌無法被充分賞識，蓋台灣的主流詩壇多偏於「純詩」故也。

這個「濁詩」或「非純詩」傳統，與其後《大地》詩社實際開拓的「寫實」與「社會關懷」的傳統，可謂一拍即合；換言之，這「濁詩」傾向以不同的強弱形式呈現在《大地》主要同仁的詩創作上。陳慧樺是《大地》詩社發起人之一，也是其時活躍的主要成員，其詩歌也無可置疑地是在「寫實」與「社會關懷」的基調上「進行。

第三個基調不妨以「雄渾」（sublime）稱之。這個基調帶有某個程度的身體的物質性，所謂「氣之清濁有體，不可強而致」是謂也。陳慧樺詩裏，尤其是在本詩集裏的陳慧樺，相對於其青澀的求學時期，其氣質更趨於成熟與雄偉。無論用詞、寫景、抒情、與視野，都與靡弱、纖細有所區隔。陳慧樺在美學研究上偏愛「雄偉」，並寫就關於中西雄渾觀念的比較，恐非無因，蓋其體氣、其美學愛好、其詩歌風格，實可相互溶匯。似乎「雄渾」更沁入詩人之肌骨，發而爲詩，即爲其傑作之一的〈雄渾的美學〉。讓我們細讀其中的一節：

我走向前去，轉角處突然冒出
一個三千個日子前的青年
他背倚棕櫚樹
在風清日麗的晨曦下

[11.]

一葉葉在翻看雄渾的藤蔓
痛苦、恐怯、死亡的歷史
一則刺入肌膚的美學
斷裂成為牆垣上的猶豫
「邪惡的美學」的館主
是否仍坐在遮陽傘下
聆聽海灣維蘇威火山把熔岩射入雲霄
冥想恐怯、痛苦和死亡轉入為歷史
擺在書架上或攤開在桌面上
莊周是否已蛻化成蛺蝶
蹁躚在蒼茫暮色下？

「雄渾」是中西美學「溶匯」也同時是有趣地「歧異」的地帶。「雄渾」在這裏變得非常豐富，包括「雄渾」本身，以及「痛苦」、「恐怯」、「死亡」，這些西方雄渾美感的前行經驗，以及死亡的「歷史」、刺入肌膚的「美學」等富有重量感嚴肅感的文化層面，甚至把所謂的「邪惡的美學」也籠括其內。背景是「風清日麗」、是「遮陽傘下」、而「聆聽」與「冥想」卻是最雄偉最痛苦的場景——「海灣維蘇威火山把熔岩射入雲霄」，富有詩的張力。這「聆聽」與「冥想」卻又來自史蒂文斯，帶來了某種轉折。是的，「你」「我」「他」在陳慧樺詩中往往相互輝映與置換，產生某種「轉折」，而不致於把詩陷入「平鋪直敘」的散文之境。目前，學者的詩人「我」在回想的視覺裏，彷彿看著「三千個日子前」昔日年輕的自己（「他」），在風和日麗的校園裏讀著希臘哲學家朗吉納斯的〈論雄渾〉這一篇經典之作，而這原屬修辭美學的句行，竟又轉化爲「雄渾的藤蔓」與「死亡的歷史」；這西方的帶有「痛感」的「雄渾」，其後卻又與「莊周是否已蛻化爲蛺蝶」的東方的逍遙物外的「雄渾」相「並置」、相「覆蓋」、相「猶豫」。這「你我他」的「轉折」以及隱含其中的帶有回憶況味的「自傳」抒情，這敘事格局上的轉折以及「實境」與「心象」的穿梭往來（就本詩節而言，即風和日麗陽傘下的實境，和詩中所敘述閱讀、聆聽、冥想中所轉換出來的痛苦恐怯雄渾的心象），這些都不僅見諸於〈雄渾的美學〉一詩，也同時可說是陳慧樺詩慣有的手法。

我們在〈雄渾的美學〉一詩中，已經看到詩人在從事心靈的「旅遊」，「旅遊」於東西美學的領域以及台北校園和海灣維蘇威火山等不同空間。然而，在本詩集中所書寫的確是實實在在的「旅遊」。不但落腳處是海內外實際的空間，而且符合「旅遊」的原有含

[13.]

義，即在「旅遊」中打開心扉的對新「空間」的開放、吸納與了解，不同於六十年代台灣現代詩壇所有的「放逐」或「自我放逐」——這些「放逐」與「自我放逐」也許是感人的，但不免有著太多的自憐情結！陳慧樺的〈旅遊詩〉，其視覺以所見「空間」爲先，但偶而亦切入歷史與社會的層面。

特別引起我迴響的是〈彌敦道上〉這首詩所寫的情景：「年初二晚上八點鐘／我瞥見敦道的荒涼／補釘的縞衣／炭黑的臉孔／漆黑的腳踝／他抱住垃圾堆在尋找／一只袖口有意遮住殘破的／歷史／報紙上印刷出來的痕跡（traces）」。彌敦道是貫通香港九龍最繁華地帶的長街，詩人當然有權利寫其中的繁華或任何東西，但詩人卻以寫實與關懷的筆端，呈現給我們它隱藏的正義失落的一角。這使我想到二十多年前我在紐約街頭所看到的類似的場景，以及我在台北地下道一回所看到的精神病患搜垃圾桶而滿地報紙瓶罐的的一幕。

在這些「旅遊」詩裏，陳慧樺真正的突破之處，在於對曾被殖民的台灣與星馬一帶的「考古學」式的發掘，而許多隱藏在目今繁華背後的「殖民」歷史的斷斧殘桓，得以在「後殖民」的記憶裏存活。第一輯裏的〈黃金海岸放歌〉、〈西樂索炮台（Fort Siloso）〉、〈沙勝越河畔名叫石頭的碼頭〉，第三輯裏的〈我坐在一間旅館窗前〉、〈海上度假屋想像〉

和〈想像紅燈碼頭〉等，在現實的當下視覺裏，瀰漫著、隱藏著馬來西亞和新加坡的後殖民記憶，而〈台灣風雲錄〉三首則是再現了眼下台灣東北角觀光景點翡翠灣所隱藏的殖民時期太平洋戰爭邊陲的風雲。

在這些「後殖民」旅遊詩裏，陳慧樺往往先從眼前實景開始，而旅遊主體的「我」並不隱藏自己，而是任其視覺與感覺縱橫揮灑，然後經意或不經意地切入「後殖民」的記憶裏。而這些「後殖民記憶」往往與「現代」交疊，產生某種彷彿從潛意識裏鉤沉出來的感覺：

殖民主閒倚在椰樹下氣慨膨脹
嘴巴叼著悠悠宰制人民的風光
歷史急速倒退到戰前
幾顆聳立的奶峰
都聳成我身傍的景點燦爛
而五六個倭寇突然矗立灑下黑暗
白皚皚的沙灘上的怪獸
伴隨幾個吱喳舞蹈的吉陵人

澎湃聲、林濤聲似乎瀉自太清之外
然後又是呀呀、吱喳的鳥鳴聲

幾艘汽艇直衝出了黃金海岸
沒入那麼浩淼的煙波中
悠悠濛濛的印度洋
寧靜、和平／永遠驚心的存在
（〈黃金海岸放歌〉第一帖）

檳城度假聖地（Batu Ferringgi）殖民時期的殖民風光——殖民主、倭寇、吱喳舞蹈的吉陵人以及沙灘上剛丟下的武器（怪獸），就在「景點」如夢般浮現，而又與此刻景點的「幾艘汽艇直衝出了黃金海岸／沒入那麼浩淼的煙波中」疊合在一起。又如在「藍藍、湛藍的藍藍藍藍藍／海水衝著更爲蔚藍湛藍的穹蒼」的翡翠灣，在「他們只攜帶閒適來此海湄弄潮／時間與歷史都是天天壓著的公事包／能及時甩脫都儘快甩脫掉」的度假氣氛裏，詩人再度喚起隱藏在這個空間的「後殖民記憶」：

同樣是極北端那一道岬角

同樣是那一片大幅度彎入的臂膊
坡地日籍砲兵日夜瀏覽著
左邊的岬角直對東南方的海港煙霧
頭頂半遮掩的砲筒斜刺向天空的詭譎
四十年代的風雲竟也湧入這個海灣
盟軍的飛機時時漂浮在掃瞄器上
蝴蝶那般點滴飛行前來投擲爆米花

(〈翡翠灣風雲錄〉第二首)

如詩人所喟嘆，「反殖掃黃時代的烈火，／亞非國家的騷動都已埋在舊紙堆中」(〈撿回檳榔律〉)，「後殖民」記憶是需要像艾略特（T.S.Eliot）所說的文學傳統，是需要付出努力才可獲致的。誠然，我們在詩裏可以隱約看到詩人這「考古」發掘的努力。在〈撿回檳榔律（Penang Road）〉一詩題裏，即現今已改名爲Jalan Penang的舊街的記憶，重拾這個城市的殖民記憶。又在〈翡翠灣風雲錄〉裏，有著詢問該地住民的對話，可說已帶有場地的「考古」的品質。

而重現這「後殖民記憶」的最特殊以及最複雜與深刻的得推〈白衣婦：下沙崙一九

[17.]

四三〉。茲整首徵引如下：

你在那棵魁梧的榕樹下撲跪下去那剎那
長谷川特攻隊員在渺冥必然一陣搐痛
一聲驚呼我來啦、我來啦
一九四三年十月的那個夜晚
他「饗宴」你的陰莖必然悽厲
一舉刺中你驚怯酥軟了的洞穴
不待逸脫的小白兔
癱瘓在他濕漉漉的胳膊之下
一株梨花秋帶雨
接待奇異的三天滋潤太陽

五十年後你著一襲純白的朝鮮裝
對著一對布娃娃撲下去
布偶旁兩根白蠟燭都掉了淚

一炷娘娘清香
精靈奔相走告冥渺
五十年後你依然痴立成一株白合花
依然在慰安所傍為情夫唱青澀的「初戀曲」。
地久天長

這首詩雖非旅遊詩，也非詩人對下沙崙實地勘察的「後殖民」發掘，而是源於報章報導的激發。詩人在詩裏重塑了下沙崙一九四三及一九九八兩個歷史場景，從目下「後殖民」的視野，以震撼的詩想表達了歷史的錯誤、命運的乖離，性與名節相糾纏的亞洲文化情結。詩中沒有控訴，但讀後我們不免深感日本天皇及其軍閥們的罪孽深重，而主角李容洙，甚至是加暴者的日本軍人，都是受害者，他們有著他們應有的清白。

〈白衣婦：下沙崙一九四三〉連結了台灣與韓國的「後殖民」記憶，以及在這「後殖民記憶」裏日本所扮演傷害者的角色。這首詩隱約浮現出「亞洲後殖民記憶」的殘缺藍圖。陳慧樺目前的學術研究，其重心爲星馬華人文學，我期待他在詩創作上也能開創出一個屬於他自己的亞洲後殖民考古詩學。誠然，當代的「後殖民敘述」（Postcolonial Discourse）理論豐富多元而深入，陳慧樺在其中尚有許多開拓的空間，但以陳慧樺深厚的學術背景，就不用我多置喙了。

最後，回到台灣詩壇作個閒話家常的結尾吧！多年前，在《中外文學》二十五週年（？）的紀念會上，姚一葦先生提出一個問題，說何以這一代的外文系、中文系無法培養出像白先勇、陳若曦等一流作家，他假設的答案是這一代潛在的創作人材都跑到學術研究上去了，因爲當代文學理論太吸引人了。回顧「大地詩社」活躍時期，同仁們都發揮了相當的詩創作動力，但究竟年齡都未臻成熟，然就在這個關鍵時刻，主要成員都大部分獲得博士學位而投身學術研究。就仍身在台灣的詩人而言，林鋒雄、李豐楙都已在「大地」休刊後就停筆了（多希望兩位仁兄重拾創作生涯！），而陳慧樺和我雖一直堅持創作到今，但由於時間及精力的分配上有所困難，在創作量上很難與同儕齊觀，而潛力亦未能充分發揮。這就是我和陳慧樺於一九九六年策劃《學院詩人羣年度詩集》（第五年度詩集剛剛出版）的緣由，以鞭策自己及同仁創作。陳慧樺此次結集出版《我想像一頭駱駝》，看到這些豐碩的成果，實在高興。想想我們另一位「大地」同仁陳黎，復出後創作不斷，也隨著時間作了不同的詩風變化，爲詩壇所讚賞。談到詩風變化，就不得不提到陳慧樺、余中生、和我三位原大地同仁邀一些友好集體加入《海鷗》詩社，千禧年改組海鷗後所提倡的「寫實不失前衛，前衛不失寫實」的創作精神。對我們這些資深的詩創作者而言，保持前衛與實驗的心態最重要，這樣才能避免詩的僵化、退化。在這本詩集後期的創作裏，我看到語言及詩敘述上的一些新嘗試，我期待陳慧樺在這方面以後更有所開拓。這本詩集給我一個信念，在詩創作的競爭場域裏，誰能堅持到底並付出心力，誰就不會落伍。我知道我在這些「文字書寫」裏，已把太多的「我」寫了進去；然而，以「記號學」作爲研究專業的我，又何必把編織的針線隱藏？是爲序。

（2002.9.13）

以新寫實鏡頭內外攝拍詩世界的詩人陳慧樺

◎羅門

作者陳慧樺曾是「星座」詩社重要詩人，目前是「海鷗」詩社的主將，可說是學者詩人，因這些年來，他一直在大學任教，出版不少學術性的重要論著，也推動國內與國際多次高層次的學術會議，如今又是世新英語系主任，這些都凸現他是詩人同時也一位有學者形象的詩人。

由於學術知識性的思考，同詩人與藝術家直接以生命進入創作現場的思考不同，陳慧樺因將大部份的時間較偏向前者的投入，便的確在學術上的成就較詩創作來得好；但他還是用他出版的三本（包括這一本）詩集來証實他在詩創作方面，也是同樣的投入與關注，也有其個人特殊的表現與理想的成果。

七十年代他出版第一本溢流著當時現代存在思想的詩集《多角城》，多角度碰觸他自我在年青成長中的各種生命情境，留下深刻特殊感人的記憶與回響；記得我當時在爲他這本詩集寫序時，曾特別在前面寫了一句相當有存在思想意味的話：「將頭撞在欄木上，讓心在阻力中認識痛苦」。廿年後他出版第三本詩集《我想像一頭駱駝》，又希望我寫序，我有點遲疑，因爲目前又忙，但基於他是多年的燈屋友人，又是我尊敬的一位勤奮有品格操守的學者，便的確難於說不，而且他態度誠懇，我只好撥出一部份時間來下筆，大致上來看陳慧樺二十年來他內心中的我與詩人的我，於存在與變化的時空中，究意有那些移變與調整。

單從《多角城》與《我想像一頭駱駝》兩本詩集，作者所採用的特別名稱，就可想見其中潛在生命意識所隱喻的幾何型象徵符號，在反映著不同存在與變化的狀況：《多角城》是由尖銳有頂點指標與突破性的多「三角形」所營造的生命城堡；每個角的「尖端」刺向突破的出口—出口往往也是傷口，這種情景除在詩集隱約可見，當然同那時強調自我存在的強烈思想與意念，也有潛在的關係。

在《我想像一頭駱駝》裡，駱駝的體型是曲線與弧線，是順乎自然的起伏延伸與飄動，不像《多角城》有顯形的尖銳與衝擊的形勢；同時駱駝的勤勞、耐力與任重導遠，也相當能呼應作者做學問與爲人的特殊形態，而且其中也透現一個令人深思的生命信息：那就是在時空坐標上，他從《多角城》強烈急劇具衝撞力的自我性，經過現實社會層的人生體驗，便已逐漸轉化較爲和緩、安穩與有容忍度的生命情境。當然更值得一提的是《我想像一頭駱駝》這特殊的書名，在無形中已多少透露出「後現代」創作的玄機：究竟是作者「想」自已「像」一頭駱駝，還是他「想像」中的一頭駱駝，如果前者是對的，後者便有異議，這便是造成彼此間的「是」又「不是」的錯愕，沒有絕對的一面與定論；這就像作者在〈神木〉一詩中，從傳統的美學思故角度來看，神木是指喻生命存在的崇高與永恆，但作者並沒有專注、刻意與集中焦點將神木投射到這一被高度讚頌的取向上，反而在詩中出現「三千年只是昨日的夢／一覺你便醒目蝶蟻之國」，關鍵詞的「蟻」正是後現代特派來啃吃「神木」這永恆之體，可也點出後現代世界對永恆「存疑」與「顚覆」的現象。這種解構思想自然多少影響到作者詩中面對世界所採取的觀視與思考角度，亦多少鬆解主觀的絕對與具臨場感的予以內外交視交感的客現描述與寫照。這種現象，在整本詩集中，幾乎普遍存在，下文會加以陳述。

*

引言之後，我將《我想像一頭駱駝》放進我「第三自然螺旋型」世界開放的視野之中，進行了360度的搜瞄，大致獲得下面的一些較特殊的觀感。

（一）大體上，在向面的「廣」度推展所形成的「水平」創作思想形態與向頂端的高度深度挺進所形成的「垂直」創作思想形態，陳慧樺雖不放棄後者，但他比較傾向「後現代」偏重向平面。換言之，就「水平」滑動與描述的取向，也就是在開放的視野上，陳慧樺的「視窗」已不像現代主義詩人，較專注的開向「仰視」中至高奪目的「山峰」，而是較放寬的開向「平視」中自然流覽的「山野林園」。

（二）他的詩雖仍持有現代詩較重視「意象」的經營，不像有些後現代詩人放棄「意象」，誤闖入非詩的散文區域而不拔；他也不像現代詩人沈迷於作強勢的「意象」語，被現代詩的「垂直」型創作思想勢力拉住不「放」，他確有能使詩中的我與詩都從現代往後現代平順地「放」鬆出去的意向。看來他是逐漸遷移到不像現代詩那麼緊迫有重壓的較寬鬆舒展的後現代詩創作新社區，呈現不同於《多角城》的新氣象。

（三）由於作者身爲學者，對現代文學思潮脈絡有了解，而且有連續性的文化觀，他的詩思在後現代創作新的秩序活動中，便自然很少有失控到出現亂象的情形。詩中雖

[25.]

也有時空跨躍與情景交錯的表現，但不致於發生閱讀上斷裂破碎的現象，幾乎每首詩都在互動與通連中，達到可看可思的預期效果。再就是作者生活空間隨日開闊，以及知識層與經驗層的強化，致使詩的題材與思想內容充實豐富，幅面寬廣而且呈多向度的展現。詩集中第一輯的「不是風景／旅遊草」取代「風景」來主導詩中的「風景」，則「旅遊草」的「草」的蔓延與到處伸長的旅遊形勢，在整本詩中的作用性便大增，也使作者的確是在進行著一次內外世界的相當可觀且多彩多姿的詩生命之旅。他從長年居住的台北，踩過東西方現代與古老流變中的文明城市，觸及世界各地不同特色的地理環境景物以及歷史文化，乃至政治、宗教戰爭等不同型態與千變萬化的內外存在情景，這些都「地球村」般地被詩引導與美化入記憶與想像的無限空間，而且把他這本詩集建構成一己能回頭看過去與向前看未來的偏向後現代詩的生命建築。

接著更值得進一步去談的較重要的部份，是他連構一己詩創作世界所採取的藝術策略與語言媒體運作的技巧。

（一）很明顯地，陳的詩風朝「後現代」移變，他很少採用現代詩所強調的「意象語」重兵部隊，去集中火力向特定的「耙心」與「深度」政擊；而大多採取後現代詩散開來的「散文描述性」的散兵與輕兵部隊，去進行平面「廣度」的搜索與獵擊。這兩者在不同的場域顯然都有其不同的表現成效，只要它確是完善美好，都會永遠存在於時空中，被歷史甚至永恆注視。像杜甫、李白和王維以精深的「意象語」在現代與「後現代」之前的古代，其所建構的詩的高深意境，則已直通「前進中的永恆」世界，便是在說明這個事實。同樣的，後現代詩自然是在不同的時空中採取不同的藝術思考角度，以企求達到本身新的至高的意圖。且看陳慧樺標明的〈後現代二帖〉的第一帖〈我坐在加拿人一幢樓房裡〉所寫的：

春天來了
窗外的楡樹杉樹都掙出了綠芽
我坐在加拿大一棟樓房裡
面壁思過（思什麼過？）
讀中國大陸那些鬼後現代詩
魔鬼伸出爪牙來
叢生的慾望　是叢林
叢生在加拿大的地平線上

[27.]

那麼亮麗的陽光
孜孜不休地蔓延

我坐在加拿大一棟樓房裡
這棟樓房座落在八十八街
八十八街座落在艾蒙頓市
艾蒙頓座落在加拿大
我在讀中國大陸那些鬼後現代詩

鬼迷心竅
煙囱都長出了綠芽
春天像一張地氈
會飛　進入你我的夢囈中啄食
（這片）後現代的梅雨季
很潮濕的風景（區）

蔓生在地球上
不說明✕什麼東西

這首詩從第一段「春天來了／窗外的榆樹都掙出綠芽」、第二段「魔鬼伸出爪牙來」到最後一段的「煙囪都長出了綠芽」，這種不設限的脫序反常的離奇想像，引發出三種芽（牙）來，其同中有異趣的「複製」效應顯已用上「後現代」詩的手法；從第一段「我坐在加拿大的一棟樓房裡面壁」到「叢生的慾望／叢生在加拿大的地平線上」到第三段「八十八街座落在艾蒙頓市」到第四段「…蔓生在地球上」，這種「連環鎖」式的大小空間沒有規範的串通與開放，加上整首詩東拼西湊的景象畫面與情思網路，沒有特定中心的隨意閒蕩與飄忽，很自然在傳達一種後現代詩的氣氛；而且在此詩最後說出一些宣洩性的話「（這片）後現代的梅雨季／很潮濕的風景（區）／蔓生在地球上／不說明✕什麼東西」，便是在說明他是以「後現代」人生存的心境，對當前（尤其是他特別指的大陸）風行的後現代詩現象「不說明✕什麼東西」感到恍惚與疑惑，他所寫的顯然是一首帶有內省與反思的後現代詩。

同樣的，在第二帖〈是誰的聲音？〉詩中，

詩行像「這麼年青／又這麼年老？」，問語本身就充滿了荒誕與矛盾，反而使問話出

[29.]

現再被問的很難問出答案的「後現代」存在反復辯證拉扯的「?」號來，這的確是創造平易明朗與高見度的「平塗」書寫語言，拓展具新創性的詩思空間。

這帖詩的第二節接著說：

把「I love you」叫囂成一道宣言
擲向熙熙攘攘的人間
亢奮、挺進　這道浪潮
比孔子周遊列國還栖栖遑遑

這其中所寫的很明顯是「後現代」流行文化顛覆了聖賢典範的具體寫照，詩人採用進入內在作業的「新寫實」手法，在生存時空中，切開全人類都在看的兩條顯著的思想分流。

這首詩的第三節是：

黑白、高矮、正邪
統統雜燴在字裡行間
吾人的論述場域
我們都有充分的街道來推展

文字上的對壘
在教室、在街衢、在廣場上
殺不傷人的電腦遊戲
那麼熱鬧、喧囂、狂野
然後你雄糾糾地站了出來
對著螢幕唱卡拉ＯＫ
窗外夜垂荒野闊
星星都湧來天井汲水
古代、現代
矗立的藩籬都轟然傾圮成為
一片漫野鮮花地
任你們穿越……

這段詩，更是任由古代、現代、都市、自然等空間與生活的各形各狀自由進場，拼湊在一起，並形成彼此推擠、傾軋、不同調，甚至出現拉扯與撕裂情形，可說是以後現代拼湊藝術（Collage Art）手法，所寫的相當符合後現代創作風格的詩，其中之批判性即在突現後現代錯亂的生活現實面與情景。

事實上，當做他詩集名稱的那首詩〈我想像一頭駱駝〉，我開始在引言中就已指出它是吹著後現代詩風的一首詩。

像第一段：

我想像一頭駱駝背脊上馱著一顆紅太陽
從87大道街頭東邊得得地馳過來
春天在燃燒
路旁的樹林都燒出了綠葉來
在呵呵地呑吸著煦暖的琉璃體

第二段：

我想像一頭駱駝馱著一顆西紅柿
從山頭催趕著牛羊到了野外
那麼馳馳然、怡怡然哈嘿著
喚醒布穀鳥咕咕的回響
喚醒溪澗的潺湲聲浪

最後一段：

我想像一頭駱駝馱著一顆紅西柿
從地球那頭冒出臉來
蹄聲、駝鈴聲像一串藍幽幽的音符
環繞地球好幾匝
聽得天際幽靈ET都如痴如醉

在這三段詩中，第一段「駱駝背馱著紅太陽，在街道，春天在燃燒」；第二段「駱駝背上（換成）馱著西紅柿，在野外，喚醒布穀鳥與溪澗……」；第三段「駱駝馱著西紅柿，在地球那頭冒出臉來……」；再加上每段中不同的外在景象之分佈情況，進行各自的調適；又由「街上」到「野外」到「地球那頭」，在擴張都市詩越界流竄的想像空間，使作者想像的駱駝，在變動的時空中，馱著「紅太陽」，春天在燃燒，本應是有可意想的生命存在前景，但「紅太陽」忽變成雖同形同色但意義失聯的「西紅柿」；這種超現實跳離式的隨意「遊戲」狀態與情形，使正常化的認真嚴肅性思考鬆解，看來又難免帶有後現代詩的創作色彩。

從以上重點性抽樣式的探討，可見作者採取後現代創作思考與技巧策略所做的特異，

[33.]

表現與所展開詩創作新穎的思維與想像空間，已獲得個人創作新的收穫。接下來，我想談談他在這本詩集中，如何運用靈活與機動的表現技巧去轉動在創作現場拍攝的精彩鏡頭，來建構確實有精彩畫面景觀與造型美的詩藝術世界。

（二）我在引言中指出，此詩集是作者生命在內外世界所進行的詩之旅，並非一般報導性的旅遊詩（即使不少詩有旅遊性），而是在詩之旅中，以詩的鏡頭來拍攝由具臨場感的實景、實情、實感與實境所交溶的另類旅遊詩，除了有人的腳印之外，還有時空的腳印、記憶與想像的腳印。現在就來看作者如何在詩之旅中，打開他的視窗與變動的鏡頭。

基本上，作者是在後現代偏向平塗（水平）滑動的視覺面，以寫景、寫情、寫意的三組混合鏡，使事象、事物、事件串連內心情意互動到有感通與應合力的外在自然景象，去對「鏡頭」顯現與陳說「詩」的畫面視境。

●我把〈神木〉這首詩的最後三節引錄於後：

老聃騎驢出關時你還幼稚
你同沐李白時代的月華
你必無動於蒙古的凜凜威風

任西伯利亞的寒流從額際掠過
任雲靄在你髮際築巢
你仍木然雖則你已輪迴了百代
就這麼巍然地刺向蒼穹
我伸長了頸項仰望你
日明精華餵哺你的魁梧
蒼鷹築巢你身際的偉大抱負
而三十年後
我是蜉蝣抑是樹?
面對這崢嶸的一株
我噓然

他是以「跨躍」與「穿越」的兩組鏡頭將時空、歷史、人物的遠近距離與景象都拉進同神木存在的意向有相應合互動交感的特殊空間中，並用「反射鏡」與「對照鏡」將神木魁梧與偉大的理想性投射在作者自我身上，發出「我噓然」的驚心之聲，留下生命存在無限的觀照感嘆與回響。

●在《金門詩抄》〈古寧頭〉中有這麼一節：

風和日麗的晨早
我們站在古寧頭的碉堡北望
…………
無非是帆影，聳立岸頭的樹木
還有幾縷青煙、蔚藍的天
白雲
蒼狗
絮絮的砲聲從腦後劃過

作者運用具象的「實鏡」將自然照在美的可見光景畫面中，復以抽象的「虛鏡」從記憶中照射出戰爭年代「絮絮的炮聲」，於虛實中構成兩種強烈對比不同的張力存在空間，且劃下兩條明暗、清晰分歧令人耽視的風景線。

●在〈車到南鯤鯓〉最後一節有底下這六行詩：

我們的凝視
腦際一片清澈
趺坐後的天空不掛雲朵
如流的思緒強把時間的傷口都縫住了
我們聽到細針落地的鏗鏘
啊！南鯤鯓

作者透過內在高度靈敏的視聽力，進入到事物與生命活動的深層，並進一步以具有象徵性的「抽象鏡頭」，至爲細微精深地把「如流的情緒縫合時間的傷口／聽到細針落地的鏗鏘」等如此「清晰」與妙機其微且有聲色之美的情境，浮現於目前，且能響亮地聽見，這都應是來自耳外的神聽，可見作者具有高敏度的內視力與內聽力。

●〈檀香山記事〉的全首詩是這樣寫的：

走在京士街昆司道上
黃臉孔、白皮膚與黑皮膚
摩頂擦肩而過

還有急馳的馬龍
而鄉音遙遙遺落西山頭

臉掛好奇、驚訝、失望
玻里尼西亞王子的蹄聲已消失
在莽莽草原上
熱鬨鬨的市塵中
宛若掛在坦特勒山顛的彩虹

王宮依舊頂著穹蒼與嘲諷
噴泉時歇時噴
在午後三點鐘
一群白鴿無知地掠過鐘樓和樹頭

作者讓特殊不同時空下的歷史、人物、事物、場景與情境，都進入蒙太奇開放的「搜瞄鏡」裡，其中採用「走在京士街」、「鄉音遙遙遺落西山頭」、「玻里尼亞王子的蹄聲」與

[37.]

「熱鬧的市廛」等特殊景點與遠距離跨空式的「跳鏡」以及使用分面的「組合鏡」，將現時與古往的人文與自然景象令人驚奇的美都並置在同一個流覽視野上。

●在〈外基基海濆十四行〉第二首的〈黃昏後〉有後面這十行：

內弦月斜掛西山頭
遙對著數顆疏星
遊帆遲遲蕩岸後
給灰青的沙灘劃亮笑聲三五
近處花弄影
旅館擠滿彬彬仕女
爵士樂幽幽地鑽過水面
遠處露天舞台上
蹦蹦跳跳波里尼西亞歌手
似欲攫住遺落的音符

[39.]

作者以有光影聲色的「流動鏡」，輕和淡雅地將夏威夷外基基海濱夜晚的景物、景象、景色都自然地溶化成充滿浪漫情調與感染力的美妙情景與意境。

●〈CASINO城〉的後面兩節詩如下：

Casino 城
面對迷濛的海灣
大張血口
吞呀吞呀地
吞進了許多紅男與綠女
然後在肚子裡轉呀轉地
把他們的油脂都磨絞乾淨

一隻蟄伏的大魔頭
等到夜半三更
牠可要反芻了
紛紛把那些絞癟了的肢體

一口一口吐了出來

有時還伴著海濤聲

作者以夠狠的「特寫」雙鏡頭，將海灣的海「口」與賭城輸贏中吞吐錢大張的血「口」，開在一起來玩吞吐「金錢」與「人」的可怕遊戲。作者用「血口」是因爲它吞吐的是「人」，以突顯賭錢之殘酷；用「磨絞」、「反芻」與「一口一口吐出來」，還有「海濤聲」在助威，「賭」的形象與形勢，能不在象徵性的「特寫」鏡頭中具體地活現出來嗎？

●在〈在虹口公園〉一詩中，從「我們一跨入門檻就瞥見你／巍巍然／一尊灰黑色的銅像」到第二節這底下八行：

我們走過去向你求證

飄浮在空中的種種真相

鼓噪、謠琢

激動、嘶喊

（你們茁長在園中的綠樹）

（你們辯證傾斜在天外的星河）

你們可曾也辯論過詭弔的歷史？

你這個園中孤寂的老人啊！

作者在時空交錯中，以來回的「反射鏡」追蹤歷史人物的影像時，一種特殊的歷史文化鄉愁與困惑，很自然也很強烈地反射在魯迅這位具指標性的人物身上。而存在的真實與真理，作者在人世的「鼓噪」與「嘶喊」中，無奈地將它們懸吊在灰濛濛的時空裡；同時，在「反射鏡」中，作者最後留下的一句「你這個園中寂寞的老人」又反射出一句強烈質疑與反思的話：「人類所追求的真理不是也很寂寞嗎？」

●在〈泥巴——焚化致母親〉這首詩中，詩人寫道：

你的姻親是泥巴
土裡來土裡去泥巴就是你自己
在我心園裡聳立成金字塔
在夕陽中散發芬馨與光芒

你的謦欬化為水和空氣
緩緩流過我脈絡
你是一輪活太陽叫我綻放花朵

作者對母親的崇敬，一面以「仰府鏡」，一面以「對照鏡」將母親照攝入同大自然共同存在的生命結構中，如此母親與泥巴與大地便也生死在永恆的存在中；同時，母親在作者「心園中」是「金字塔」，生前死後都昇華爲「水與空氣」，且緩緩流過作者的脈絡，此刻在詩象徵語言所噴射的光環中，作者對母愛的偉大與感恩的情懷，不必說，都已達到至高點。

●在〈歌吟在和平東路〉詩中，詩人吟道：

從低矮的違章屋簷下
直踹到二十層的綠玻璃天廈前
她可不喘一口氣

你從金門街口折來
那時可搭乘的是三輪車
它依呀依呀地唱著
新古典的旋律
…………

[43.]

你徜徉在和平東路上
從活潑的笑靨中頂向圓潤的成熟……

千載悠悠呼嘯而逝
可杜絕不了你輕吟淺唱的狂熱
你躑躅向東仰或向西？

作者以排比的「對照直敘鏡」，客觀地直拍建築物與交通工具的變化形態，來反映在進步中不同的文明生活空間景況，讓景物自己代替作者來說話，這可是藝術的高妙策略。「低矮的違章屋簷」昇高到「廿層的玻璃大廈」，從「三輪車」轉折成「新古典旋律」；另一方面，使年輕時代「活潑的笑」轉變到「頂向圓潤成熟」之態，便也形成外在建築物與內心世界同步在時空中作雙向互變與延長，且都奇妙地同在作者以往與現在所「徜徉」的和平東路上，看著時間追著記憶與想像在跑，究竟跑到那裡去？作者在不少詩篇中，總是隱約留給自己乃至大家深思與疑慮的話，「你向東還向西？」

● 《不算旅遊詩》第三首〈自由道〉是這樣寫道：

邵爾將軍騎在馬背上

號召前仆後繼的士兵
向前衝刺還有鼓聲動地響
舊市政大樓前
福蘭克林在放風箏
轉角處在地球書屋進進出出的
愛默生的心靈霍桑的鬼魂
三月五日的大屠殺事件
茶葉風波所掀起的風暴
早自波士頓海灣的波濤間褪去
我們終於穿過水手街
（妓女與水手擦身而過）
沿著斜陡的柯伯墓園
抵達北角公園憑弔

作者以長短距離的「推拉鏡」與拼圖式的「組合鏡」，竟能將「騎馬的邵爾將軍」、「放風箏的福蘭克林」、「愛默生的心靈」、「霍桑的鬼魂」、「水手妓女」、「地球書屋」、「市政大樓」、「水手街」、「大屠殺」和「墓園」等，這些不搭調的時空景物與人物雜陳交錯的存在場景，如此任意又亂中有序地剪裁與接貼成一幅具有現時與歷史性以及古往今來與「全開式」的新思維存在空間圖象，看來應是已成功運用後現代創作的「拼湊（Collage）」藝術手法，以文字所製作的一件後現代拼湊藝術作品。

●《不算旅遊詩》第四首〈華騰湖畔〉很短，只有後面這十行：

囚禁在樹林中心的
一泓清澈
幽幽地盯住四月的空濛
我們走來揭開你的面紗

走在松林中
心中一亮
幾個垂釣者
倚在岸邊看湖
千言萬語

盡在不言中

作者以高透明度內外雙向移動的「平視鏡」，進行對「林地」與「心地」的照映。鏡頭徐徐打地開，毫無妨礙林中「一泓清澈」，在透明中「幽幽地盯住四月的空濛」；同時也讓景色引來驚喜的「心中一亮」相照處，此刻「幾個垂釣者」雖不是在釣「寒江雪」的高鏡，可卻有「倚在岸邊看湖」的寧靜與透明，「千言萬語／盡在不這中」，那的確已釣到高價的怡然幽閒舒適與遐想，甚至也沾上些微空靈與禪意。

●《不算旅遊詩》第一首〈新港〉的前兩節茲引錄於後：

每條街道都要挾住心情
甚麼時代流行的窄裙？
灰沉的畫版？

二月天的灰濛天空
鎮壓住歌德式的靈魂
好重啊
好重的文化擔子

路旁都凍禿了頭的樹幹
撐起奇楞楞的好頹喪的心情

在這裡，作者以「特寫」與「誇大」鏡，使渲染有情思意識的外在景物與景色，在已浮現有「灰沉」、「頹喪」與變動狀況的人文生存間，發出潛在的強烈嘶喊。詳言之，第一段的三行，凸現都市擠壓成「窄裙」的街景畫面，第二節「灰濛的大空」，「鎮壓住歌德式的靈魂」建築，「好重啊」，其實「重」的是變動的時空與歷史文化，這都可見作者在創作中，所製作的隱喻之影射張力是高強且高明的。

●在〈都城風情畫〉一詩中，我們讀到後引這四行：

我們斜倚著沙龍裡的木椅
時爾像泄了氣的汽球
爭辯著杯底剩餘的真理
厭倦 ennui

作者採用帶有象徵與影射性的「寫實」鏡頭，精準的將「斜倚著木椅」、「泄氣的氣球」所構成「人」與物存在空間的失落形態與意態，襯托著飲料已喝到「杯底」仍「爭辯著杯底剩餘的真理」，這種感覺能不令人「厭倦」嗎?尤其是這些「斜倚」、「泄氣」、「爭辯」、

「剩餘」、「厭倦」等有指意的字眼，更是拼圖式的拼出都市文明生活中潛在的疲憊、空幻、焦慮與無力感的心理病態圖象，任誰都能驚視到它們的存在。

●《都與歷史有關的詩篇》第二首〈在新城望月〉的第一節說：

在這醉醺醺的赤道露天酒樓前
那些尖挺挺的胸脯
成熟都溢到了杯外

在此作者以強光度透視的「特寫」鏡頭，將酒在燃燒的「赤道露天酒樓」與「尖挺挺的胸脯」相互應照成情色視覺空間的兩大支柱；當「胸脯」「尖挺挺」的乳房成熟的溢出乳「杯」外，作者是成功地使用「新寫實」的藝術手法，進入內在的形質世界去寫實，頗像「新寫實」畫家將「成熟」豐盈的乳房裡的乳質乳汁與性感都逼真地畫了出來。更令人著迷的是，作者暗中將酒杯與乳杯一同滿了便溢流出來的情色與夜色，都神秘的流入詩的想像空間之中，由此可見詩人語言的交接與轉化能力是可觀的。

●在〈致莫洛先生〉詩中，詩人說：「你彈孔纍纍的軀體／一面子彈洞穿的旌旗／驟然昇自萬千人的驚愕裡」，而最後一節則是：

終於 神父的黑袈裟一拂

就把胸裡的波濤撫平
詩人把你昇成蒼穹裡的星座一顆
　你安息了吧？

在這兩節詩句中，作者以強烈對比的「對照鏡」將黑暗面與光明面、死亡與永恆，在明確的分光鏡中，投射在生命的「黑白」底片上，讓「彈孔纍纍」被「子彈洞穿」中的人與物的世界在「神父的黑袈裟一拂」，便「波濤撫平」，「你昇成星座一顆」。在這樣的處理底下，作者便已如期的將戰爭的仇恨與宗教的慈愛，強有力的昇高到存在永遠相對視的兩極，給神與人都在看，而有所感悟與覺知。

●〈聞簫〉一詩的前三節如下：

　幽幽地沁出來
自黑黝黝的岩壁

是一縷清香
是岸壁女妖的鬈髮？
是在西湖赤壁泛舟

抑是在意大利海岸怔忡？
卅幾顆年輕的心被懾住了
閃亮的眼睛，凝住
一面冷碧的鏡子
夢中畫面驀然跳出來的山水

在這首詩中，作者仍是以「物景」「情景」兩組齒輪轉動「心境」。他使用「轉換」的內外「複合疊鏡」，將「幽幽地自黑黝黝的岩壁」沁出來的神祕簫聲，由「聽覺」轉換到「一縷清香」的「嗅覺」空間，然後又轉換到「妖女的鬈髮」、「西湖泛舟」般的具有簫聲流動神祕形態的想像中「視覺」情境，最後提到「心被懾住」、「凝住一面冷碧的鏡子」，將簫聲所展佈的流麗變幻與繁美的抽象景象，都在那個「旋動鏡」中，溶化成「從夢中畫面驀然跳出來的山水」的具體畫面，這應都是作者將對象經由內化與轉化的有效藝術表現。

●〈雄渾的美學〉有後錄這些詩行：

我常常踩著自己的影子

在大學道思索著這一則神話
…………
遠方聳翠　蜿蜒成一片光芒
滾滾漫淹而來的風塵
想到莊子的胸壑
一摶千里而去的羽翮
我想到他齊萬物、減美醜、跨越哀傷

作者先是以學者明智的學識與體悟的詩心將「雄渾」當做「一則神話」來思索，再則以大「跨躍」鏡頭將「雄渾」特有的壯美與放任開闊之感，通過詩中「遠方聳翠」、「一片光芒」和「滾滾風塵」等景觀，反射到「莊子的胸壑」上，「一摶千里而去的羽翮」；此刻，老莊的「齊萬物、減美醜、跨越哀傷」，近乎是進入神超世越、視通萬里、思接千載、飄逸瀟灑與天地有大美而不言靜觀式的「雄渾」之境，這正也突現了這部份詩思的精神深度與特色。

從上面以３６０度快鏡頭精點抽樣掃描，作者在詩中運用語言載體與詩的多種變化鏡頭，拍攝下來的內外諸多精彩景象，所展現的有畫面與造型美的詩世界，看來近乎是作者從詩中揮灑出一片屬於自己的詩的亮麗的天空，令人矚目。

綜觀整本詩集，作者的詩思確是如一開始所說的，它雖向「水平」的廣面滑動，但仍堅守詩進入生命與事物潛在內層將「美」與「奧秘」將主旨喚醒，因而仍不忘向「垂直」的深度探進；再就是其中部份早期的詩作，仍吹著現代主義的詩風；近期不少作品，顯已改吹後現代詩風。其實「兩」風吹過之後，還會有後後現代新的現代詩風。而此刻，我們在看的是，作者在詩中吹來的一陣又一陣的「春風得意」，令人賞心悅目。當然在我對作者確有傑出表現之處，予以肯定之餘，我想總難免有些建議性的意見，那就是他有些詩因平塗書寫的景物與事件距離過近，拉不出較佳的詩與藝術想像空間，又有些擠壓與陳雜感，不能順暢同步的進入感應層，引發讀者充份的美感經驗，甚至產生語言活動空間的某些悶壓感與缺氧現象，這是有待作者日後進一步在語言與思維空間朝向精純、精美與更高透明度去提昇的努力方向。縱然如此，我仍必須在此特別說出，作者是在物景、情景與意境的三線道上，以詩語言採取新寫實（New Realism）藝術手法創造了具有後現代臨場感的「新印象派」作品；他是已有一己特殊的思想表現與豐碩成果的詩人畫家。最後預祝他出版順利成功，給台灣詩壇帶來振奮的佳音與回響。

第一輯

不是風景／旅遊草

[55.]

神木

這麼顫巍巍地刺向遼垠的天空
年輪似沙塵從耳際沖沖流過
一年只像一陣毫無威力的風
一年只像一片飄落泥塵的葉子
你屹立　你呼吸　你茁長
三千年只是昨日的夢
一覺你便醒目蝶蟻之國

老聃騎驢出關時你還幼稚

你同沐李白時代的月華
你必無動於蒙古的凜凜威風
任西伯利亞的寒流從額際掠過
任雲靄在你髮際築巢
你仍木然雖則你已輪迴了百代

就這麼巍然地刺向蒼穹
我伸長了頸項仰望你
日月精華餵哺你的魁梧
蒼鷹築巢你身際的偉大抱負
而三十年後
　　我是蜉蝣抑是樹？

面對這崢嶸的一株
　　我噓然

[57.]

金門詩抄

一、歡迎呀，歡迎

歡迎呀，歡迎
路邊兩臂迎過來的針葉松
對著你和我這麼說
突然間你發現
一島的綠意都絡絡繹繹接通
你的脈搏
奔騰

陽光斜斜灑落
車子醉醺醺地向前奔衝
薰風微微拂過高粱地
幾頭耕牛在草地咀嚼悠然
一幅結實的土地
倏然從夢中跳出來說
歡迎呀，歡迎

二、一個古色古香的名字

——聽一年輕少尉的話後作

一枚棋子

時時咬在齒縫間
霎眼間踩成你腳底的土地
濕濕的驚訝
馬山前、太武山北望青煙嬝嬝
楚河漢闕
真叫你勒馬
踟躕呀

三、古寧頭

風和日麗的晨早
我們站在古寧頭的碉堡北望
掩飾網數千網口下
一顆心熱熱地等待
鏡頭傳來的信息

無非是帆影，聳立岸頭的樹木
還有幾縷青煙、蔚藍的天
白雲
蒼狗
絮絮的砲聲從腦後劃過

站在古寧頭
把風景壓縮成長長的藕絲
惟卻忘了自己是站在歷史的橋頭

《中華日報·中華副刊》十版：一九八二年六月五日

橫貫公路二帖

（一）谷關

蜿蜒的蜿蜒的聳翠
然後是琮琮的呼喚聲
山泉瀑布

聳翠
瀑布
自從那夜舐住夢陲

就頻頻來輕叩我心扉

(二)天祥

一瀉而去的溫溫的陽光
紛紛灑落在藤葛上鴿背上
一陣悸動流過脊椎
我似在那裡看過的風景
詩裡?夢陲?

《中外文學》九卷二期:一九八〇年七月

[63.]

車到南鯤鯓

我們不是三百年前，在夜晚
驅波逐浪而來的五位天神天將
我們的車子只掀起熱浪
滾滾紅塵，而後覆蓋在一片沃野上

在沙洲的沖積土上
南鯤鯓佇立在那兒
以飛甍刺向天空，仙樂嬝嬝
熱浪把仙宮托入琉璃中

南鯤鯓划在茫茫中
我們的凝視
腦際一片清澈
趺坐後的天空不掛雲朵
如流的思緒強把時間的傷口都縫住了
我們聽到細針落地的鏗鏘
啊！南鯤鯓

《聯合報·聯合副刊》八版：一九八一年四月三日

[65.]

檀香山記事

走在京士街昆司道上
黃臉孔、白皮膚與黑皮膚
摩頂擦肩而過
還有急馳的馬龍
而鄉音遙遙遺落西山頭

臉掛好奇、驚訝、失望
玻里尼西亞王子的蹄聲已消失
　在莽莽草原上

熱鬨鬨的市廛中
宛若掛在坦特勒山顛的彩虹
王宮依舊頂著穹蒼與嘲諷
噴泉時歇時噴
在午後三點鐘
一群白鴿無知地掠過鐘樓和樹頭

《中央日報 · 晨鐘》: 一九八四年一月廿七日

外基基海濱十四行二帖

午景

正躺、斜臥、或匍伏在奢侈的
細沙上
他們用勁曬呀曬地
一心想複製赤褐的春光
寄回舊大陸或新大陸去榮耀一番
而珍珠港遙遙嵌在西北西

鑽石山燦爛著鐵青的頭顱
南太平洋就睡在腳下……
他們只顧曬呀曬地
早忘了投到澎湃中去洗禮

幾隻小八哥、主教鳥悠閒地
在樹蔭下
覓食、嬉戲
白鴿偶爾劃過豔陽天空

黃昏後

內弦月斜乜西山頭
遙對著數顆疏星
遊帆遲遲蹇岸後

[69.]

給灰青的沙灘劃亮笑聲三五

近處花弄影
旅館擠滿彬彬仕女

爵士樂幽幽地鑽過水面
遠處露天舞台上
蹦蹦跳跳波里尼西亞歌手
似欲攫住遺落的音符

一對情侶黏在沙灘上
黑黝黝地向左向右翻滾
忘返的美人魚
似欲竊據天涯

《聯合報·聯合副刊》八版：一九八四年一月廿七日

歌吟在和平東路

時間這婊子
她逕自婀娜著身姿
從低矮的違章屋簷下
直踹到二十層的綠玻璃天廈前
她可從不喘一口氣

你從金門街口折來
那時可搭乘的是三輪車
它依呀依呀地唱著

[71.]

新古典的旋律
你在車篷內喚著澀澀的秋冬
把風雨聲聲擋在簷外呼嘯
那時你可還不認得我
一個心胸澎湃的年少
站在相館前搖頭擺腦

你依呀依呀地唱著
舒緩的小夜曲

而這些都已被流光流到
千山萬里之外
流成一闕半透明的回憶
穿越林間小徑
召喚都召喚不回的鶯飛燕舞

你徜徉在和平東路上
從活潑的笑靨中頂向圓潤成熟
千載悠悠呼嘯而逝
可杜絕不了你輕吟淺唱的狂熱
你躑躅向東仰或向西？

《中央日報·中央副刊》十六版：一九九一年十一月十五日

Casino 城

城門裸向三岔路口
Casino 城
那麼巍峨的一座城堡
城頭碉樓上的武士都隱了形
它眨一眨紅綠的眼睛
時時發出蠱惑的機器聲浪

Casino 城
面對迷濛的海灣

大張血口
吞呀吞呀地
吞進了許多紅男與綠女
然後在肚子裡轉呀轉地
把他們的油脂都磨絞乾淨

一隻蟄伏的大魔頭
等到夜半三更
牠可要反芻了
紛紛把那些絞癟了的肢體
一口一口吐了出來
有時還伴著海濤聲

《中華日報・中華副刊》十一版：一九九一年十一月十八日

虹口公園

我們一跨入門檻就瞥見你
巍巍然
一尊灰黑色的銅像
你叉著雙手坐鎮在天宇下
很寂寞地見證
陽光
碎裂在樹梢的風潮
三五隻鴿子
在樹蔭追逐著逝去的喧囂

[75.]

我們走過去向你求證
飄浮在空中的種種真相
鼓噪、謠琢
（你們茁長在園中的綠樹）
激動、嘶喊
（你們辯證傾斜在天外的星河）
你們可曾也辯論過詭弔的歷史？
你孫子把愛情灑成報上的詩章？
你這個園中孤寂的老人啊！

＊今年八月二十三日，上海的朋友帶我去虹口（即兆豐）公園尋訪魯迅的音容。朋友誰稱：「我想他老人家（魯迅）一定很寂寞。」回到臺北後久久不能釋懷，因成此詩以誌之。

《中央日報・中央副刊》十六版：一九九一年十一月廿二日

彌敦道上

年初二晚上八點鐘
我瞥見彌敦道的荒涼
補釘的縞衣
炭黑的臉孔
漆黑的腳踝
他抱住垃圾堆在尋找
一只袖口有意遮住殘破的
歷史
報紙上印刷出來的痕跡（traces）

另一個角落
一雙骷髏的手掌
隨著寒風刺入我心坎
震得我目眩口呆

《聯合報 · 聯合副刊》：一九九一年十二月廿四日

不算旅遊詩六章

（一）新港（New Haven）一帖

每條街道都要挾住心情
甚麼時代流行的窄裙？
灰沉的畫版？

二月天的灰蒙天空
鎮壓住歌德式的靈魂
好重啊
好重的文化擔子

路旁都凍禿了頭的樹幹
撐起奇楞楞的好頹喪的心情

兩三隻烏鴉咬痛了意識
一隻粉鴿唧咕唧咕地叫

在天角　在樹下
皚白的雪堆
然後是皚白
穩穩埋住昨日的鮮艷

似乎聽到橐橐的馬蹄聲*
叩響這猙獰的都市的臉頰

（1995.05.07 Edmonton）

---

* 詩人鄭愁予就任教於市區的耶魯東亞系。

(二) 波士頓廣場

一群鴿子掠過
光禿的樹梢
一隻小松鼠自樹幹上
滑落
斜乜著小眼睛
與你打了個招呼

一群海鷗圍繞著
一個餵食牠們的主人
你聽到海港河口的聲響
你把鏡頭瞄了又瞄

發現枯黃的草地上
斜躺著一對情侶

（1995.05.07 Edmonton）

（三）自由道（Freedom Trail）*

你攜帶歷史的指南
自波士頓廣場啓航
邵爾將軍騎在馬背上
號召前仆後繼的士兵
向前衝刺還有鼓聲動地響
舊市政大樓前

---

*自由道為跨越波士頓市區的一條觀光路線，旅客可沿路線求索歷史的真相。

[83.]

福蘭克林在放風箏
轉角處在地球書屋進進出出的
愛默生的心靈霍桑的鬼魂
三月五日的大屠殺事件
茶葉風波所掀起的風暴
早自波士海灣風濤間褪去
我們終於穿過水手街
（妓女與水手擦身而過）
沿著斜陡的柯伯墓園
抵達北角公園憑弔
並在查理敦橋頭拍照

（1995.05.08 Edmonton）

（四）華騰湖（Waldon Pond）畔*

囚禁在樹林中心的
一泓清澈
幽幽地盯住四月的空濛
我們走來揭開你的面紗
走在松林中
心中一亮
幾個垂釣者
倚在岸邊看湖

*梭羅在此湖畔沉思默想，書寫其膾炙人口的《湖濱散記》。

千言萬語
盡在不言中

（1995.05.08 Edmonton）

（五）在艾蒙頓史塔斯可拿（**Strathcona**）

路旁的蒲公英
黃色白色的慵懶
（還未紛飛）
兩個白種青年
攤坐在馬路對面的椅子上
那麼舒坦
一點兒都不理睬

西邊地平線上
那顆笑眯眯的紅西柿
依然熾烈高掛

都快晚上八點了
幾隻海鷗盡在天空畫弧線
路旁的吱吱呼應樹上的啁啾
路上　盡是風馳電掣而過的
比人還多的車輛

春天就像西山頭
那個笑瞇瞇的紅西柿
真長氣呵！

（1995. 06. 04 Edmonton）

（六）再渡檳威海峽

這一道我曾經熱烈謳歌過的
隔開半島與島嶼的海峽

曾幾何時
它的西邊已架起一道拱橋
是我的伴侶曾經灑汗經營過的理想
現在是貫通島嶼與半島的臍帶
有時高高聳入雲霄
有時卻從你眼前撞來
渡輪從半島這一端出發
嘟嘟嘟嘟的汽笛聲
喚醒雲端的晨陽突突冒出臉來

迎接每一天的開端與希望
坐在這渡輪中的各色族群臉孔
他們曾經那麼膽怯怯地希望著的
今天還是那麼陌生的　夢想

我四處張望海峽中的油輪
熟稔的、陌生的
因爲我已經好幾千個日子
未在這道海峽穿過歌唱
還有對岸市衢中的六十層大樓
聳立在半山腰的亮麗洋房
我們的辛笛老未必想像得到*
我來啦，看著渡輪前後的波浪

---

*王辛笛幾十年前曾寫過一首有關檳榔嶼的詩，我前幾年到上海拜訪他時還曾談到它。

[89.]

款乃　對著或明或滅的另一個球體
我見識到的、我想像到的
你可未必建構成爲一個大太陽
可那又何傷於我們的存在？

海峽呵
我來對你歌唱
在六月的一個早晨

（1995.06.01 Edmonton）

《星洲日報．文藝春秋》：一九九五年七月十一日

夏威夷旅遊詩

第一帖：夜宿柯娜

河神袒胸露乳
掠入蔚藍的夜窗
直撫摸著我的夢陲
戰馬勒緊韁繩待馳上古戰場
一截驚慌的火箭筒掛在夜空中
一塊瑰異的夢土上
螢光追逐、精靈齊唱

[91.]

凌晨在迷濛中醒來
河神戰馬俱已遁成一道幽光
掛在窗外　那麼深邃
你欲喚醒紅河岸邊的情人
挽臂凌霄而去？

空濛中
浪濤濺擊著岬角
紅河岸抑或巴達雅的旭光
稀疏地瀉下　無所謂寒峭
鳥鳴咬著椰影搖搖晃晃
幾聲古典的啁啾　百合綻放在徑旁
空氣幽幽滲出晨早的青草香
遠處嘟嘟鳴唱的刈草機

呵柯娜、柯娜

第二帖：風口紀事

來到了這個神秘的缺口
風神萬口呼嘯下
寒峭壓住了亢奮
耳際突傳來撲撲搖擺的機翼
一九四一年十二月七日凌晨
那些順風低空掠過的雁陣
都飛到珍珠港投擲爆米花
對於那些撅撲而來的暗影
佛陀，祢怎能依然拈花微笑？
如今那些魂魄俱已焚化散落爲河道上的雪花

一九九八年二月六日．Kona

[93.]

在京都城牆外

而在更早的紀事本上
卡美哈美哈王把敵人
驅趕山豬般趕到這個陡峭的缺口
把屍體挑落懸崖如花朵

一片一片的蝶魂
卡美哈是統一了八島群梟
無奈佩莉女神時時甩動長髮
新大陸潛來的豺狼不斷鼓噪海嘯
這八個俏麗的花朵終於淪陷了
空留遠處那個王宮白皚皚對著蒼穹

一九九八年二月六日 Kona，三月一日台北

第三帖：隔鄰旅客

隔鄰的白人爹地問兒子
陽台外湛藍的穹蒼
那是象徵甚麼？
岬角外的湛藍浩淼
那又是象徵甚麼？
遠地故鄉白皚皚的雪地
那又象徵甚麼？

孩子甩了甩金黃色的頭髮
用天真慧黠的眼珠子在發問
他又斜倚著頭顱在思索著
許許多多人世間的框架

一九九八年二月六日・Kona；七月二日台北

黃金海岸放歌

第一帖：黃金沙灘（Golden Sand）：

椰子樹、大葉樹、針葉松以上的玄奧
遐想雲層中神祇　湛藍搏翼翱翔
黃金沙灘上我很風光——曝日
坐在椅子上蛻化爲一則歷史
或是坐望成爲誰家史書上的讚嘆？
永恆的刹那抑或短暫的一閃靈光？
瀉自外太空的一道光芒？

世紀末的晨早
靜悄悄的宇宙
我聽到風聲入林來
澎湃的濤聲
鴉鳴、麻雀的吱嘈、八歌的啁啾
俱都飛掠成琉璃奇異的風景

殖民主閒倚在椰樹下氣慨膨脹
嘴巴叼著悠悠宰制人民的風光
歷史急速倒退到戰前
幾顆聳立的奶峰
都聳成我身傍的景點燦爛
而五六個倭寇突然矗立灑下黑暗
白皚皚的沙灘上的怪獸

伴隨幾個吱喳舞蹈的吉陵人
澎湃聲、林濤聲似乎瀉自太清之外
然後又是呀呀、吱喳的鳥鳴聲
幾艘汽艇直衝出了黃金海岸
沒入那麼浩淼的煙波中
悠悠濛濛的印度洋
寧靜、和平
永遠驚心的存在

第二帖：鳥鳴聲中

我倚在鳳凰木下閱讀
白雲蒼狗悠悠
前擁後仆的鴉鳴
唧唧雀噪、吱呱呱的八哥叫

黃金海灘外一覽無垠的汪洋
然後又是鴉鳴、雀噪、八哥叫

我坐在鳳凰木下閱讀
世紀末的邪惡聲音
投機客運作橫爬在報章上
耳語、策略、棄甲而逃的戰士
還有殖民主串謀本地金主賣力演出
從檳榔嶼直瀉至首都的一臉驚惶

我坐在鳳凰木下閱讀
台灣有一個朝拜團已飛抵休士頓[1]

---

[1] 去年杪、台北的媒體不斷在追蹤百餘名教徒，他們分批抵達美南休士頓，四處安頓以期春來花暖時搭坐飛碟凌霄而去。

[99.]

他們枯坐室內虛靜以待
豎耳等待來自外太空的飛碟的訊息
然後在春暖花開日蛻化而凌空
去迎接夢睡中聖誕老人的擁抱
穌軟的涅槃
多次元的透視傳來燦麗的仙音
是否吸食大麻後的消遙？

那麼偃撲而來的鴉鳴
預言、鳥叫那麼驚心動地
我坐在海濱鳳凰木下
閱讀報章、「隱秘」匯合無垠的汪洋[2]

[2] 西川的詩選叫做《隱秘的匯合》(1997)，除了內有兩首涉及海洋的詩歌外，更有〈黃金海洋〉(組詩)九首；不過，我這首詩是在寫完後再讀其海洋詩，而且我這裡的「黃金海岸」跟西川所指的並不一樣。

承接得了彷彿的天啓？

（一九九八·一·一九 檳城 Batu Ferringgi）

第三帖：撿回檳榔律（Penang Road）[3]

來到檳榔律撿拾天河裡的星子
向東向西俱不適
鋼鐵泣血的吶喊
昔日不曾綻放的花卉、陽光
此刻俱都燦麗在街邊
每一片葉子都孕滿露珠
倉促、悠閒的跫音彷彿昔日折入巷道裡

---

3 檳榔律今已改作 Jalan Penang，此一道路可為檳城的代碼／符具，記錄了這個城市從殖民時代進入後現代。

[101.]

青苔爬滿踏板、幾棵青蔥
蚊蚋亂竄陰溝裡的怔忡面龐
變與不變的旅律
很迅速就寫滿天空

到了曬頂的晌午
六十年代的午後驚醒過來　馳馳然
自巷口鋪成一道景點　膚色駁雜晃動
麻雀烏鴉飛竄

三輪車咿呀成東方落後的一則情調

東方酒店、日本料理、中國成藥
亢奮瞪著斜對面的
Cititel、奧迪安、國泰民安／酒樓

或更為遙遠的蓮花河、星藝城裡的詩人[4]
反殖掃黃時代的烈火
亞非國家的騷動都已埋在舊紙堆中
哎，你真能撿回多少顆星子？

（一九九八・三・一 台北）

[4]「蓮花河」為當年星檳日報所在地，亦為該報一個綜合性副刊的名稱；《星藝城》亦為該報文學副刊名稱，而今該報已停刊多年！

[103.]

西樂索炮台（Fort Siloso）

二月杪一個迷濛昏黃的下午
六吋口徑後膛炮轟然一聲巨響
把浮游在空中的精靈都撼醒了過來
跟我一起檢視山頭的歷史
一九一二年後膛炮取代了一八八五年七吋的前裝炮
十五世紀穆斯林扛來的加農炮
炮口都對著聖淘沙中部沙灘外的陽光
漣灎的海面，隱沒的棹舟
一九四二年指揮所突然迸出英軍聲嘶的發炮

在迷糊中被歷史嚇醒（想逃竄何處？）
連八哥的啁啾，麻雀都隱藏了起來
潮濕的空氣中
掉下幾片枯黃和雨滴
一個白種小孩在呼喚爹地

《中國時報·人間副刊》三十七版：一九九九年五月廿八日

[105.]

砂勞越河畔名叫石頭的碼頭

對岸豎起一座白皚皚的洋房
洋房後豎起一把直喇喇的陽傘
眨眼間都漂曬成蠕動的倒影舔食著歷史的創傷
自一八七五年以來不斷啃食你我的夢境

撲通一聲被投入黑黝黝的河流中
是一個驚動不起漣漪的你的魅影
踩住猿嘯虎吼你踹入對岸
糾集了一批土著以及藏匿在滄茫中的白人艦隊

一條纜索索性把河流切成兩段
那些豎七倒八的礦工都被推入河裡洗濯
靜待旭陽把墨綠色的河面漆成鮮紅

你的本尊佇立成巴剎街上法庭前院的一尊浮雕
斜乜著幾聲空洞的吱喳
樹蔭正在嚙食柱基的青苔
反殖的吶喊早已褪爲記憶中的迴音

＊附記：一八七五年，砂河上遊的石隆門華族礦工起義，誤把查爾斯·布洛克（Charles Brooke II）的分身投入河中，實際統治了古晉個把星期，後因誤中布氏媾和的詭計，在醉夢中被撲殺投入河中。河岸這邊的石頭碼頭（Batu Jetty）與對岸的沙比碼頭（Sapi Jetty）對望，是為布氏當年的船艦攔截礦工處。

二〇〇〇年二月廿八日·台北
《海鷗詩刊》：二〇〇〇年春季號

城市記憶

第二輯

臺北假期

第三十朵年華未凋落
他就有機緣騎阿拉丁地毯
突然降落在祖國的土地上

比天方夜譚所寫還新奇
你看他把黃色窗簾拉開
展露一房的紅地毯紅床單
對襯窗外的世界
遠處煙霧壓住迷濛的河面
近處人群車輛都緩緩滑入夢陲

電話鈴一響他就接住
「是的，我就是李四
你幾點到來？七點正，好好……」
他乾脆把憋忸的大衣脫掉
像海豚一般躺在床上呵氣等待
「每一個旅客都愛吃吃點心嘛
我老婆也告訴過我
可別把細菌帶回來就行了……」
他不是躺在岩石上等雷響雨降
他是躺在紅氈上呵太多的熱氣
等待百貨公司的妞兒從「荒原」哪兒走過來

一九七六年四月七日

《大地文學》十六期：一九七六年三月廿九日

[111.]

致一歌手

我們踽踽而行的歌手
入夜穿過龍泉街
穿過機械聲叫賣的浪潮
穿過摩肩接踵的人群

我們踽踽而行的歌手
不抱風琴不彈吉他
從龍泉街折到和平東路
他是寂寞的，在這寂寞的年代

他的胸襟可舒伸爲清風
他的嗓子可以譜成急驟的交響
但是他踅然蹀躞
把腳步聲交給寂寞的夜色

不抱風琴不彈吉他
從和平東路折入羅斯福路
折入介壽路進入西門町
他只聽到腳步聲在街道迴盪

《中華日報・中華副刊》：一九七六年九月十八日

[113.]

聞簫

幽幽地沁出來
自黑黝黝的岩壁

是一縷清香
是岸壁女妖的鬈髮？
是在西湖赤壁泛舟
抑是在意大利海岸怔忡？

卅幾顆年輕的心被懾住了
閃亮的眼睛，凝住

一面冷碧的鏡子
夢中畫面驀然跳出來的山水
撫淨了塵心
舟子忘了欸乃的一夜

六六年元月

《中華日報 · 中華副刊》十版：一九七七年元月卅日

[115.]

致莫洛先生

你彈孔纍纍的軀體
一面子彈洞穿的旌旗
驟然昇自萬千人的驚愕裡

依涅斯（Aeneas）升起的旌旗
羅謬勒斯（Romulus）升起的旌旗
還有西撒大帝升起的旌旗
統統都爲你降下　在火曜日
條條大路通下都
軍團的蹄聲遺落在歷史之荒野

廢墟沐浴著夕陽
天秤已傾斜
街邊廣場照樣喧囂如河
沙漠裡巨獸蠢蠢翻動

終於 神父的黑架裟一拂
就把胸裡的波濤撫平
詩人把你昇成蒼穹裡的星座一顆
你安息了吧？

＊附記：報載恐怖組織「赤軍旅」綁架義大利前總理莫洛，要脅交換獄中的恐怖份子，而義大利政府與執政的基民黨堅持不允，經過五十五天的僵持，莫洛終遭殺害。全世界都為這件暴行感到痛心和憤慨。

《聯合報·聯合副刊》十二版：一九七八年五月廿三日

[117.]

仙女和火鳥

（一）

幕起時
突然驚覺身處瀟湘江畔
如絮的一群天鵝
馳馳然、娓娓然
從蒼穹從靈均呼吸過的太淸
飄臨

三個舞者，一男兩女

跫音輕輕匆匆滑過綠茵
漂洗過的冰涼的夜色
訴說一則思凡的故事

（二）

忽地從牆頭躍下
他駐足他張望他挽弓
他瞄準的一隻候鳥
輕盈閃躲
額攜紅纓絡
顫動似太陽初昇
忽然間，候鳥自眼際斷了線
蛙族木精魅魎紛紛環繞

[119.]

他衝刺、他呼喚
他一擊把夜色擊出缺口
候鳥出現在東方
蛙族魅影前仰後仆

《聯合報・聯合副刊》八版：一九八〇年二月八日

泥巴

——焚化致吾母

是肋骨抑或水塑造成你從未聽說
你的姻親是泥巴
土裡來土裡去泥巴就是你自己
在我心園聳立成金字塔
在夕陽中散發芬馨與光芒
你的謦欬化爲水和空氣
緩緩流過我脈絡

[121.]

你是一輪活太陽叫我綻放花朵
你早起晚歸不爲路上景致停佇
地瓜混水爲餐泥地一臥即成床鋪

我最後見你時你已臥成一弧形
我嗆叫一聲視覺已迷濛
陽光驟然收斂地平線上壓下重重的蒼茫
你突然這麼羸弱　一個踉蹌的行者
一步一步走成孤獨的哀傷

六十九年五月七日改
《中華日報·中華副刊》十版：一九八〇年五月十一日

送行人

你們應假設紅樓就聳立海灣山坡上
間雜著綠樹，一片肅穆
在海灣沙灘上
春天帶著你們的跫音踹過
貝殼聆聽著你們的嬉笑對岸的信息
人類的喧嘩、污垢和進展

然後陽光在你們吆喝聲中隱去
松林裡山徑滿佈松毬
屋簷垂下纍纍的果實

[123.]

松鼠奔躍枝椏間
你們佇足分享房舍間的歡愉
宛如春天花香佈滿你們的肺葉

你們必須想像腳騎的是馬
不，你們腳踩的是甲板
船不久就會駛入港灣躲避風暴，像你們
海岸現在一片迷濛，遠山蒼茫
加油卸貨然後再出洋
結束就是開始

《聯合報·聯合副刊》八版：一九八〇年十月七日

在丁家

——喜遇胡金銓、鍾玲夫婦

我是那個揹負半邊天的艾特勒斯
那個在香江很灑脫的小書生?

二十年在我眼簾串成江流
緩緩流回到熱帶、鄉野、邊城
一個憨直的少年日日踹過溫煦的田畦
那時他迷戀翠翠的山歌
在夢中彌漫田野河畔

[125.]

畸人的世界深深敲打其心弦
那時他追逐落日在河岸
河水粼粼金光，天邊燕子交織成網

二十年後你從銀幕上走過來
握我的手，最新型的新藝綜合體
身邊伴著閃耀的星子
夜幕低低
詩書畫都運旋於一掌
然後你們又遁回銀幕裡

元月十日作，十五日改

《中華日報．中華副刊》十版：一九八一年元月廿日

給幾位畢業生

每年到了這個季節，五月或六月
蒲公英紛飛的時刻
愁緒淡淡地如絲，環繞著你我

七月八月陽氣漸消
踐踏在棕櫚樹下的腳印
縈繞著紅樓的歡笑歌聲
和平東路西門町
不屬你們而屬於新降之羽族

九月散落在各自的園圃

[127.]

去播種春麥和愛
你應當想到俾士麥（Bismarck）
嫋嫋東風
河岸田野綠葉

一九七九年五月十五日
《師大畢聯會訊二十六期》

他已爬過了山頭

還是季夏時分

山頭怎麼已空禿禿一片？
飛鶯隱匿也未見蛺蝶翺翔
是何許巨魔鎮懾的幻境？

斜斜地碎落的陽光
靜止的林間，顫巍巍的山頭
他大踏步往上爬
已快瞥見我了，一個陌生人

[129.]

我腰際的血管在迸裂
我一手按捺不住
斜臥在灰色的沙發上
天花板，一片白茫茫

往窗外投射的日光
盯住一個忽黑忽白的世界
沙石河岸，蘆葦飄搖
遠遠的山坡，他似已走遠了，陌生人

天末懷高僧

——敬致林雲教授

（一）

你拂拂風塵的行腳僧
忽然飛到東忽然西
駕雲霧寄鐵騎
爲了普渡芸芸眾生
你時時運轉九段法

飄浮成蘆葦岸邊的一楫孤舟
或化爲一股芳馨
投入另一異體
從印堂四肢到丹田
轉呀轉地
以攜回詫異的訊息

（二）

第一次見到您時在台北
呂洞賓出現在市集嘉年華會上
每一到處即被拱成秋月
你披上玄裟說法解惑
兩顆眼珠子轉呀轉成
黑板上的八卦圖

夜空中的燁燁星子
聽眾都翹首塑成常春藤

那次在天祥的一塊岩石上
你把自己塑成一個大手印
把洋教授與我們庇護在天宇底下
陽光逕自在公園上空璀璨

此次在夏大校園
你在青蔥與柳影間走出來
圍繞我們以喜氣與溫煦
瞬息間你又展翼凌空而去

《南洋商報》：一九八四年九月廿日

觀呼拉舞

呼拉，呼拉
三襲草裙展向東
　　掀向西
武士時代的戰士
絡絡繹繹從背景中走了出來
跟你打個照面
彷彿是前生的舊識
耳際似聞星子在絮語

他們舞呀舞地

踏著漁獵的步履
蹬足
旋轉
額際閃著熊熊的營火
在稀疏的夜色下

《中華日報、中華副刊》十版：一九八四年九月廿七日

端陽懷「鼓」

冬冬冬的鼓聲沿著兩岸劃過去
我幾乎年年都撐著凄風苦雨
瑟縮在花傘或者樹蔭下
很認真地聽取兩岸的掌聲
是否透露了某種訊息
而河面凄凄迷迷
視線所及
無非攢動的人影和樹叢
細雨咚咚地瀉自天庭
碎落爲河上的漣漪

兩隻龍舟迅速地劃過水面
劃成一條直線
想在我們目際進入歷史

每年五月我們都很古典
撐著傘或不撐傘
在淡水河畔或者愛河邊
把書上的文字演習一遍
然後就向我們的老祖先交卷

《南洋商報》：一九八四年六月十日

聞高定獲諾貝爾文學獎

十一年前你在我的碩士論文中
冷艷迎風
鶴立雞群中
墨汁不沾性、變態、死亡
你把現實栽成盆景
擺在心窗前觀賞成林

豬頭在西蒙眼前幻成魔頭
眼吐金光、驚心動魄
荒島上的小孩、「啓蒙」船上的大人

「繼承者」倪安得塔爾人都徘徊伊甸園外
啞語呼嘯

索爾斯堡郊野巨柱林立
斜對殘月孤星
多佛海濱對岸諾曼地
流彈早已停止了狂嘯
尼羅河畔映艷陽
你望「金字塔」蒸氣沸騰
然後把這些輸入血脈中
繽紛的字行

註
一・筆者於民國六一年在臺大完成一本碩士論文叫做《蒼蠅王批評研究》。
二・豬頭指被小孩們殺死後倒插在柱子上的牝豬頭，即蒼蠅王、魔王也。
三・荒島指《蒼蠅王》的背景，即南海中的某個小島。

[139.]

四．《啟蒙》指 Rites of Passage，高汀的第八本長篇。

五．《繼承者》指 The Inheritors，高汀的第二本小說。

六．索爾斯堡（Salisbury）在英格蘭東南部，高汀曾在當地一所中學教了十幾年英文與哲學。

七．多佛指 Dover，英格蘭東南部一海港。

八．金字塔指高汀的第六本小說——《尖塔》（The Spire）。

《中央日報．中央副刊》：一九八三年十月廿日

雄渾的美學

（關於本詩）

這是一首結合閱讀經驗和現實經驗的詩。雄渾（the sublimity）跟美和善在西方美學史上是一個相當重大的課題，我自研究所階段比較認真地在文學院門前的棕櫚樹蔭閱讀和思索這個課題以來，即發覺它跟實際經驗密切相關。西方美學家從外在的觀感侵入到心坎深處去挖發它，而中國的美學史上有沒有類似的美學的種子？有的，我在博士班階段曾用英文寫了一篇〈中西文學裡的雄偉觀念〉，後又擴大寫成中文發表，此外還寫了一篇〈莊子的詞章與雄偉風格〉發表。這整十年來每年都有機會教授希臘哲學家朗吉納斯（Longinus,213?-273）的〈論雄偉〉，時時思索這個切入生存核心的美學課題。

詩中「邪惡的美學」指史蒂文斯的詩作篇名（Esthetique Mal）。

[141.]

到底應該是外在還是內在？
到底應該是西方抑或東方？
我常常踩著自己的影子，
在大學道思索著這一則神話
兩旁巍巍聳立的棕櫚
寂寞地向我抗議

遠方聳翠　蜿蜒成一片光芒
滾滾漫淹而來的風塵
想到莊子的胸
一搏千里而去的羽翮
我想到他齊萬物、滅美醜、跨越哀傷
我走向前去，轉角處突然冒出
一個三千個日子前的青年

他背倚棕櫚樹
在風清日麗的晨曦下
一葉葉在翻看雄渾的藤蔓
痛苦、恐怯、死亡的歷史
一則刺入肌膚的美學
斷裂成爲牆垣上的猶豫
「邪惡的美學」的館主
是否仍坐在遮陽傘下
聆聽海灣維蘇威火山把熔岩射入雲霄
冥想恐怯、痛苦和死亡轉入爲歷史
擺在書架上或攤開在桌面上
莊周是否已蛻化爲蛺蝶
蹁躚在蒼茫暮色下?
我想到我該闊步走在大道上

[143.]

還是尋花問柳？
否定抑或拒絕否定
正面描述還是反面觀照
我的目光真的能刺透現實的核心？
我常常走在大學道上思索雄渾的問題

《聯合報・聯合副刊》：一九七八年十月十三日

過客

唧唧——唧唧地鳴叫
你到底棲息在那一個樹梢頭?
落單的過客
在蜿蜒的山路上
陽光出奇地漂洗著翠綠的樹林
漸漸滲透蒼茫
誰切入到誰的感覺中?
我切入蒼茫中
爲了去聆聽那一串串

[145.]

唧唧
唧唧
一點都不畏怯的鳴叫
你到底棲息在哪一個樹梢頭?
叫得山山崢嶸
樹樹喧囂
處處呼應著你的呼喚?

我切入山色茫茫中
我切入感覺中
每一根脈絡都燦爛向天空
唧唧
唧唧
誰叫出血的吶喊?

《中華日報・中華副刊》:一九九二年二月廿二日

都城風情畫

無數探頭探腦的幽揚
舐著我們耳際
舐著天空的黑墨跡

我們的呢喃
還有電子琴流泄出孔的音符
我們斜倚著沙龍裡的木椅
時爾像泄了氣的汽球
爭辯著杯底剩餘的真理
厭倦 ennui

[**147.**]

屋頂突隱突現的橫條
電視銀幕上的號角
窗外流動的探照燈
遙遠處巴格達的夜空劃過的飛彈
一些閃失的意象
統都收到你們腦後的盒子中
你們依舊興奮像貓王
爭逐著幾顆苦澀的松毯
靈魂直切入到雲霄
還是腳跟著了地的穩重感？

夜都已熟透了
星星都蒼白著臉色
你們仍舊淙淙的流水
爭辯著靈肉的各種姿勢

口沫橫飛起波濤
慾望騎在你們的言談上
你們都還不厭倦這種戰爭嗎？

1995. 05. 07 Edmonton
《南洋商報・南洋文藝》：一九八四年八月四日

兩隻黑鴉的傳奇

偌大的太陽高高掛在黑山頭
笑嘻嘻的
照著屋後亮灩灩的黑水溝
照著屋前明亮亮的碎石路
路旁停著一輛龐大的 Maersk
幾條野狗追逐著日影
興奮得直叫「早安」

早安！早安！
我倚著屋前的欄杆

呼吸空氣裡沁人的花香
見到路人即想叫「早安！」
可你們的陰影罩住了天宇
你們先停在屋後的芒果樹上
跟著棲息在屋前的電線桿上
你們睜著黑黝黝的眼珠子直瞪著我
彷彿要刺透我的靈魂深處
你們這兩隻瘦小細長的烏鴉
你們要傳達馬路邊的車禍
大地上有關族群的謠諑
還是遠方咻咻閃亮天際的炮火？
你們不顧遊聚在空中的神祇
海峽的汽笛聲悠悠響

[151.]

遠處的煙囪所冒出來的火煙
你們是直瞪著我可要透露甚麼天機？

《聯合報．聯合副刊》：一九九五年八月八日

第三輯

我想像一頭駱駝

[155.]

我想像一頭駱駝……

87大道有人懶洋洋躺在塑膠椅上喝啤酒
109街「快樂時光」陽台上有人對著馳過的
收音機吼叫、歌唱
我想像一頭駱駝背脊上馱著一顆紅太陽
從87大道街頭東邊得得地馳過來
春天在燃燒
路旁的樹林都燒出了綠葉來
在呵呵地吞吸著煦暖的琉璃體

有人打了一個噴嚏
急得四周的空氣路都驚惶失措
「他到底患了什麼熱相思？」
掠過陽光的小鳥都探頭追問
廣場上鴿子傳來咕咕的鳴叫

我想像一頭駱駝馱著一顆西紅柿
從山頭催趕著牛羊到了野外
那麼馳馳然、怡怡然哈嘿著
喚醒布穀鳥咕咕的回響
喚醒溪澗的潺湲聲浪
喚醒魚兒都在水面探出頭來
河岸上的笛聲幽幽地
引來一群蜂蝶
在野花叢藪間探頭探腦

我想像一頭駱駝馱著一顆紅西柿
從地球那頭冒出臉來
蹄聲、駝鈴聲像一串藍幽幽的音符
環繞地球好幾匝
聽得天際幽靈 ET 都如痴如醉……

我想像一頭駱駝……

《聯合報．聯合副刊》三十七版：一九九五年十一月八日

後現代二帖

(一)我坐在加拿大一棟樓房裡

春天來了
窗外的榆樹杉樹都掙出了綠芽
我坐在加拿大一棟樓房裡
面壁思過(思什麼過?)
讀中國大陸那些鬼後現代詩
魔鬼伸出爪牙

[159.]

叢生的欲望　是叢林
叢生在加拿大的地平線上
那麼亮麗的陽光
孜孜不休地蔓延

我坐在加拿大一棟樓房裡
這棟樓房座落在八十八街
八十八街座落在艾蒙頓
艾蒙頓座落在加拿大
我在讀中國大陸那些鬼後現代詩

鬼迷心竅
煙囪都長出了綠芽
春天像一張地氈
會飛　進入你我的夢囈中啄食

（這）後現代的梅雨季
很潮濕的風景（區）
蔓生在地球上
不說明X什麼的東西

（二）是誰的聲音？

這麼年輕
又這麼蒼老？
二十世紀初期的現代主義
現在街頭的後現代浪潮
湧流過許多校園廣場
民歌手的雜燴吟唱
雜亂貼在背心上的標語

[**161.**]

把「I love you」叫囂成一道宣言
擲向熙熙攘攘的人間
亢奮、挺進　這道浪潮
比孔子周遊列國還栖栖遑遑
吾人腦細胞裡繁殖的聯鎖

黑白、高矮、正邪
統統雜燴在字裡行間
吾人的論述場域
我們都有充分的街道來推展
文字上的對壘
在教室、在街衢、在廣場上
殺不傷人的電腦遊戲
那麼熱鬧、喧囂、狂野
然後雄赳赳地站了出來

對著螢幕唱卡拉OK
窗外夜垂荒野闊
星星都湧來天井汲水
古代、現代
矗立的藩籬都轟然傾圮成爲
一片漫野鮮花地
任你們穿越
翌日上班時穿越的路旁

《幼獅文藝》：一九九六年元月

我夜晚的眼睛

穿過屋前蔥鬱的稀疏樹林
穿過樹林裡稀疏的屋子
越過街道越過河岸和草原
我夜晚的眼睛張開成稀落的星座
我的靈魂蹓躂在艾蒙頓蒙特婁
我的靈魂蹓躂在舊金山和新港
我的靈魂蹓躂在台北和山陰道上
那些個曾經以及將要種植在我詩中的城市
那麼閃亮　在白晝和夜晚

我的靈魂微微顫抖著
聆聽林中樹上小鳥在竊竊私語
眨著黑溜溜的眼珠子
對著夜空中流動的清涼琉璃
牠們微微顫抖的喉膜
幾乎要迸吐出五月的啁囀
迎著探頭探腦的新芽
路旁田野上的家花和野花

我夜晚的眼睛開張成閃閃的聲籟
一個西紅柿掛在湛藍的天空
笑盈盈照成田野山川的騷動
福斯特輕鬆穿過新英格蘭的樹林
惠特曼狂吟在密西西比河岸上

[165.]

中國莽漢馬松和萬夏啊
一個或打鼓舞廳或販賣羊毛衫
一個在夏夜游過了長江
他們的行徑可不驚醒了李太白
那個剛剛跨出蜀道的嬉皮詩人？

我夜晚的眼睛張開著
不爲甚麼地開張成花朵
在五月的異國閃亮

《聯合報・聯合副刊》三十七版：一九九六年十一月卅日

都與歷史有關的詩篇

一、我坐在一間旅館窗前

我坐在一間旅館窗前
想像麗日紛紛灑成布練
像冬日的棉絮
流連在美東新港街頭
激情的男人追逐酒精與槍械聲
像一群獵犬把朦朧的街燈咬得亂叫

[167.]

我坐在赤道線上
想像航海家鯨游的年代
從太平洋划向印度海岸
爪哇人或蹲在洞穴裡
或奔竄在叢林間曠野上　毛茸茸地
亞洲大陸的北京人
（其頭蓋骨被囚在哪一個黑櫃中？）
吁嘿在周口店附近
我都把他們拼貼成視域中的花朵

我坐成紅燈碼頭的一棵樹
見證黑人白人黃種人逐潮汛而來
挾帶洋槍大炮和文明
舯舡上的苦力斜乜著高樓大廈上的夜色
卸貨的嘿嗬呼應珍珠巴剎的喧嘩

叢林裡群眾大會上的鬥爭
終於把殖民主趕出了這塊土地
把亮燦的陽光還給了我們人民

（九五年九月九日於新加坡貴都；十一月十七日改成）

二、在新城望月

有沒有月亮已非重要命題
欄杆外微暈暖暖傾落
你想測量哪個詩仙的狷狂？
在這醉醺醺的赤道露天酒樓前
那些尖挺挺的胸脯
成熟都溢到了杯外

[169.]

風景似都能燃燒
在指尖
一一被彈成防波堤外的波浪
今宵可是要猜哪一朝的啞謎？

有沒有月亮已非重要命題
你設想攫住完整的豐腴
在欄杆外幾棵棕櫚的沙沙響聲中？

流動之外的河堤
河堤之外的洶湧
局促在歷史的陌生與熟稔之間
你們狂想歌吟甚麼樣的聲籟？

（九五年九月八日於新加坡貴都；九月十七日改成）

三、歲月啊

車輛行人貓狗的喧騰
你們天天踹過的那一條街道
熱哄哄的叫賣、油條包子的蒸氣瀰漫
溝渠裡擠滿細菌的吶喊

你早晨匆匆踹過
你傍晚又匆匆踹過
瞥見似乎同樣的行人、車輛
幾隻蹲在籠子裡的貓狗

有一天你望著這些似曾相識的符具
幾乎嚇得咳出幾聲驚訝來

（九五年九月十八日於台北；十月二十七日改成）

[171.]

四、畫像

都快燒成最後一截的菸蒂
你仍把憤怒與喧囂叼在唇緣
掙動那死魚目一般的眼睛拼命追索
那些曝曬在艷陽下的花朵
春水吹縐在池塘裡
堤岸邊踽踽而行的人群

終於你覓見了一張笑靨
開展在陰晦的酒吧間
幽幽滲出的音符
六十年代蠢蠢蠕動的慾望

汗水攪拌著泥沙
流浪的薰風
在鷹架間穿梭
雕鏤成你銅壺色的臉龐
你低頭測量溝渠間的晷影
一陣慾望豎立成叢林
那一排排聳立的水泥柱子
可你卻熾烈如炭火
眼角綻放鳩紅的光采
你可把這些熔鑄成你靈魂中的輝煌
而今耳際依然縈繞著那女人纖纖的笑溺
床頭縐褶的床單
酒櫃上未清拭的酒漬
你終於躺成床頭的無奈了

[173.]

偶爾瞥見窗外遊動的陽光
兒女的叮嚀
偶爾亮麗
偶爾隱退
砌成遙遠地平線上的湧動

更早的五十年代
瞪著清冷的街道
煢煢閃爍的煤油燈
肚腸常常被飢餓所鉗住的午後
你往前衝拼成千萬人中的一個音符
在漫漫風雨中進進出出
然後你邂逅了那一張笑靨
然後、然後——
酒意、爭吵、你的黑髮倚撫著兩具奶頭

非常英豪的一頭煥發公牛

然後你瞥見你出生的小島
南方揮灑在艷陽下吁氣
天天從田壟間衝向菜市場
滿身洋溢著泥巴味……
你還想打開那個黑盒子

（九五年九月六日於台北；九六年十月二十七日再改）

白衣婦．下沙崙一九四三

你在那棵魁梧的榕樹下撲跪下去那剎那
長谷川特攻隊員在渺冥必然一陣揞痛
一聲驚呼我來啦、我來啦
一九四三年十月的那個夜晚
他「饗宴」你的陰莖必然悽厲
一舉刺中你驚怯酥軟了的洞穴
不待逸脫的小白兔
癱瘓在他濕漉漉的胳膊之下
一株梨花秋帶雨

接待奇異的三天滋潤太陽

五十年後你著一襲純白的朝鮮裝
對著一對布娃娃撲下去
布偶旁兩根白蠟燭都掉了淚
一炷嬝嬝清香
精靈奔相走告冥渺
五十年後你依然痴立成一株白合花
依然在慰安所傍爲情夫唱青澀的「初戀曲」
地久天長

今日報端紛紛報導韓籍慰安婦李容洙（七十一歲），至新竹下沙崙日軍慰安所所在地舉行冥婚，以償半世紀來的宿願。（一九九八年八月二十三日翡翠灣）

《台灣詩學季刊》：一九九八年·二十五期

[177.]

闊葉樹下：一九五八

四十年前他坐在這棵樹下喝咖啡
右後邊同樣一間民眾餐廳
左後邊同樣一間東方時裝店
意態風發的時代（掃黃反殖民）
都欸欸然結成陰溝裡的魅影（？）
午後驟然偃撲而來的熱帶雨（聲）
吞吃炒粿條、薏仁冰和風景
微風吹落偶爾的一兩片枯黃日子
華／國語歌曲爆成左邊的山洪

吉陵歌依呀成右邊的燦爛
還有八哥伴隨麗日瀉下來啁啾
欄杆外的包子泡冰攤販圍簇著
吉陵仔華族少女走了又回來
那麼陌生的XY世代
他又聽到樹葉落葉欷欷然的嘆息
地平線上還飄浮著國都日昨的煙花
「麥迪卡」的聲浪和吶喊（和鬥爭）
四十年前鏤刻在腦際那麼熟悉的圖案
披紗的少女戴盔帽的武士汽笛的河流
都馳騁為上帝布袋子中的玩偶
飄緲、搖晃、厚實、壘疊在雲霄
汗滴、不安、淚水、歌唱在人間

《中國時報·人間副刊》三十七版：一九九九年三月廿日

海上度假屋想像

太陽掛在陰涼的馬六甲海峽上空
我們坐在閨閣海灣的度假屋上頭
海鮮樓邊掛著的渡輪撲撲響呀響地
載客的舟棹早已戮入對岸的廖內群島去
購買春花並運載淋病回來半島滋長
小說家開始揭示其情節以印證
某某批評家的想像力比他還豐贍
並判定他的「閨閣文學」已「窮途末路」
我們對著海峽上頭的西紅柿大笑

然後他已飛馳在沙巴蒼鬱的油棕園裡
牛仔那般拔鎗射擊樹椏間的雲豹
而眼鏡蛇撲地在他面前開成一朵向日葵
紛紜的人間事網路和疾苦
然後他已越過斑駁的後現代天空
廝混在紐約的少數族群中
格林尼治村聳立的畫板、鏗鏘的音響
然後他已跌坐在(台北)圓山飯店內
咀嚼迅速消逝的淳厚人情和落日
然後又風聞他呼朋友喚友過台中
帶領新知舊雨越過哥洛舊街
彷彿激光一閃、閃電不斷發亮
然後我們驟然自雲端跌落在笨珍街邊
大口呷啤酒、格格大笑
端地驚醒鄰座的寧靜花叢

天空中不斷眨著眼的星座
溫柔的夜色

小記：七月二十六日傍晚與南方學院中文系許主任赴笨珍採訪小說家潘雨桐，領教了其盛情與想像力的宴享，三天後迅即寫下這麼後現代的一首詩以誌之。

《中國時報．人間副刊》：二〇〇〇年二月十一日

想像紅燈碼頭

十年前初臨紅燈碼頭那夜晚
驚覺昏黃的燈暈咬著
雙雙對對旅客呀情人呀的脖子
星空嚇得一夜慘白
豬仔絡繹從小說中迸出頭顱來
掙扎著要向我爭討權益和年華
牽手扣成一道透明的河流出了河口
身／背後拉出一道蜚長流短的虹彩
我們驚覺一頭戶籍可疑的獅子坐鎮星空下

這次面對咔嚓咔嚓的鎂光燈
你眼穴迸出了紅光又綠光
馳馳然把鰓兒張成了翅膀
浮泅在空靄中瀲灩的河面上
一突兒又泅成我們無意識中的一團光環
穿越摩天樓間的永恆穹蒼
坐鎮東南方的一顆啓明星?
然後我們又跌落碼頭
遊客、小情人、手牽著手……。

《聯合報·聯合副刊》：一九九九年六月十三日

文化巷記憶

（註一）

剝落的磚牆和泥牆聳立在兩旁
灰濛中，灰暗的歷史翅膀
我們兩手一再想推開
都推脫不掉靠攏而來的
漆黑包裹

一九四四年的腳印
現在都陷落成巷道上的低窪
當時和當下蜷成一卷吶喊嘿嗬

[185.]

人文薈萃的腳步
在黑暗中踐踏而過（註二）
我們耳際頓時亮起日寇的轟炸
霏霏陣雨灑落在市郊
像櫻花一般

文化巷上的一泓泓死水
浸淫碎石和窟窿和孑孓
顛躓了半個世紀的驚愕
都衝著我們眼前走過來

（註一）在昆明市雲大交流中心右側。

（註二）當時的西南聯大就寄籍現今的雲南師大校址，文化巷到聯大校門口只有一擲之遙，聯大師生常常在倉促中奔竄過文化巷，故名。

《聯合報・聯合副刊》：一九九九年十二月十日

山河錄三闋

No.1 二訪都江堰

驅車出了灌縣城西
二王廟被掛在懸崖古木間
向蓊鬱的旅情眨眼睛
迷迷濛濛的泯江魚嘴
把潺潺都梳理成兩道激情各奔東西
去去去搖撼索橋觀想山河

痴情的少女當年投江而去後
卻把編結的心鎖垂吊在鞋索間
密密麻麻把愛情鎖上千千萬萬年
而空氣中處處蕩漾著李冰的謦欬

（九九年八月廿一日灌縣，二〇〇〇年二月廿八日於台北）

No.2 翡翠灣觀日出

等待在微微冷冽的海灘上
潮汐早已隱退　人影晃動成對成雙
在這海湄的一角
焦慮屏住氣息的人影
都在等待漫長的黑暗被千禧年溶解
撒落成片片花絮雲朵

那一道閃光早已切進東半球
尾巴揮擺著無數騷擾和徵兆
天空羽翼盤旋
精靈和魔頭都釋自海角峰巒（或是黑洞？）
這邊海島上有人攢簇擁吻
那邊海島上微暈中散發出歡呼舞蹈
和平鴿群掠過天空　帶動
旗旌飄搖、號角嘟嘟叫
這些意象都凝結在綠琉璃中
山河想望中

焦慮、舌燥、口乾中
我們早已把科索沃的導彈掃開一旁
還有在東帝汶、亞齊、車臣演出的殺戮場景

遊弋在大氣層中咻咻響個不停的飛彈
海底嗜血的潛水艇泥沙陷落在我們腳底的溫柔
牧童已把一群群綿羊織入原野中
有麋鹿竄過　有飛鳥劃過晴空
還有基因羊、米老鼠、飛船、阿拉丁神燈
不太搭配的一幅圖案
昇起呀　昇起一個球體

＊翡翠灣在台灣東北角，走路到野柳約需20分鐘，為一渡假游泳之景點。

（二〇〇〇年三月二日台北）

No.3 驚聞集集大地震

我的夢陲突被那頭蠻牛撞破了一個洞

不斷的翻落在深淵床下
我欲抓住那片柔情的門柱
我欲攫住少女擺動的纖腰
黑暗搖晃滑動暈眩在船上
以爲世界末日真的垂臨這個美麗的島

爲了證實一則流竄許久的謠諑
你終於聳一聳慵懶的腰軀
蒼穹翻滾著少女臉頰的酡紅
呼吸一道吸食生命的氣息
樓房呼拉呼拉傾圮下來灰石翻飛
霎眼間一隻螳螂被壓扁在樑柱下
連呻吟都變成太奢侈的享受
血流已尋索不回乾黑了的源頭

搖晃在那永遠太平的村莊
鐵軌拱成了貓背、溪流洄溯
陌生撕裂了綿亙的山巒
搖呀搖　搖不到外婆家
你終於聳一聳慵懶的腰桿子
切斷了哀嚎、愛情
以及幾千道氣息終於遁入蒼茫間
那幾十天的屏幕網路新聞版面
豈止一聲哀痛可覆蓋得住

＊九九年九月廿一日凌晨，台灣中部發生了五、六十年來最大的一次地震，震幅達到了七．三級，震央在南投大寮鄉集集鎮永平村，全台灣一下子即被奪去了二三八一條生命，有些地方的災情迄未療愈。

（二〇〇〇年三弓廿一日改成）

（千禧年夏季號《海鷗詩刊》：二〇〇〇年七月）

海灣風雲錄

——台灣歷史記憶之一

No.1 風平浪靜時

極北的那一道岬角
以及更北端的那一道岬角
蔚藍、湛藍的藍藍藍藍藍
海水銜著更爲蔚藍湛藍的穹蒼
左唇小漁村桅杆聳立著閒適小調

右灣郵輪嘟嘟嘟啣著太陽滑進了海港
右灣郵輪嘟嘟嘟啣著太陽嘟向緊鎖的海平線上

弄潮兒衝浪著嘟嘟濺潑背脊一閃
弄潮兒睨睇著浪濤袒露在沙灘上假寐
接受麗日過多溫煦地撫摸
郵輪啣著太陽滑進滑出了海港
一片琉璃瓦片幾朵雲絮飄浮
弄潮兒睨睇著悠悠的琉璃體
幾點舟楫橫過藍田腦際
順勢把背後流竄的旋律抹掉
也一併抹掉爬行在國道上的急躁龜蟲
他們只攜帶閒適來此海湄弄潮
時間與歷史都是天天壓著的公事包
能及時蛻脫都儘快甩脫掉

就像把包皮儘快割棄掉
他們睨睇著荷荷的濺潑聲
遠處那些悠悠然滑進滑出的船隻

No.2 風起雲湧時

同樣是極北端那一道岬角
同樣是那一片大幅度彎入的臂膊
坡地日籍砲兵日夜瀏覽著
左邊的岬角直對東南方的海港煙霧
頭頂半遮掩的砲筒斜刺向天空的詭譎
四十年代的風雲竟也湧入這個海灣
盟軍的飛機時時漂浮在掃瞄器上
蝴蝶那般點滴飛行前來投擲爆米花

[195.]

飛行器竟都瞄錯了方位
竟把海灣裡這個村莊當練靶
往往在陰霾中擲下一陣陣炸彈
劈里啪啦
土地廟前廟後的房厝
紛紛應聲跪下
在火舌嗶剝蔓延中呻吟
「那是一九四幾年？」
「日軍偷襲珍珠港刮來的風暴
只有這座土地廟屹立不動如山
這見證砲彈散落如爆米花
木造屋水泥房都應聲仆倒
村民競相奔向山頭撲入海裡……」
「那都是日本鬼子帶給我們的災難啊！」

No.3 土地廟

清麗的陽光瀉自幽幽的葉隙間
水泥階上一塵不染
廟前香爐中兀自嫋繞著幾道清香
屋內神龕裡土地公依舊威武煥發
樑棟檐角雖不算光豔
可卻怎麼樣都喚醒不了遠古的記憶
它是如何屹立抗拒殖民的風潮
我們順便坐在階頭入定
擺出一副入鄉隨俗的悠閒
刺探民隱可是太沉重的言談
只能閒扯海灣裡的日麗風清
海灘上尚未自昨夜的瘋癲中甦醒

[197.]

灣內漁舟郵輪兀自漂浮如儀
幽靜中我們竟聽到幾聲雀噪跌落下來

（千禧年《海鷗詩刊》秋／冬雙季號：二〇〇〇年十二月）

後記 4.0

總計算起來，這本詩集是我的第三本集子，對一位從事或者說對創作有興趣的人來說，這種成績可真是相當「瘦瘠」不足的。居於日子過得太倉促，常常在工作場所甚或在路上所見所聞都在壓力之下被犧牲掉了，所以前幾年師大的同事添洪兄提議我們一起來推動糾集學院詩人群，群策群力，為這個日益乾瘠非常缺乏人文素養的社會奉獻一點心力時，我就立刻贊成。文學教育的事本來就不是十來個書生（更何況是詩人）就能扭動起來的，可是一旦想到，有了一個小團體，大家能相互敦促寫詩、朗誦詩歌，這才是組成這個小團體之動力所在！

坦白講，我自高中就開始創作寫詩，我這幾年來把它們蒐集剪貼起來，一共有五六本之多，數量應在兩百首以上，可是世事推移，當年的熱忱、興奮、激動都已煙消雲散，記下這一筆，僅僅只聊以自慰而已。當然囉，我更不可能想到要去從中挑選一些出來出版成集子。對我而言，書寫記憶大概也僅只有「書寫」以一動作或是姿勢而已了。

人在江湖，身不由己，以前對這一句話的體會，當然僅只有書面的意義，後來才逐漸意識到，人生的幾許無奈、鬱卒、憤懣等等，具都只有輕輕地以這一句話帶過，似乎所有的苦辣辛酸，都已被打發安置了，想到這一點，對於一個愛耍文弄墨者而言，驚悸似乎才開始呢。詩歌應該可以攫住/固住所以生命的悸動，其所滲滴出來的一點一滴，就似路旁枝葉上的露珠，那麼晶瑩剔透，其所反映折射的可還深邃得很呢，否則，英國詩人布萊克所說的「在一粒沙子中見到宇宙，在一朵野花中見到天堂」就毫無深意可言了。

在七十年代初年，跟一些友朋親自參與鼓吹回歸本土現實，那股傻勁熱情，現在回想起來，心胸仍有溫熱。無奈兩三年以後，鄉土文學運動卻被某些有心人帶到另外的方向去了。這一轉折對我們那些真正的文學愛好者而言，確實是非常大的打擊，消沉的消沉，隨波逐流而去的也真不少。整體而言，年青人所展現的真誠與對社會現實的關注，甚至對自己文化傳統的探討，所有這些都是值得大書特書的真章。

就我個人而言，七十年代中期之後，我就愈寫愈少，原因除了時代之推移變動之外，主要還是一邊因為稻粱謀，一邊為課業奮鬥，而到了八十年代博士論文通過之後，本該輕鬆一些才是，卻被同事之善意推舉，一任接續一任的幹行政或是學術主管工作，這樣下來，詩之靈感、人之性靈可真是被「謀殺」殆盡。不過話又說回來，八十年代中期以及九十年代中期，我還是爭取到兩次　赴國外充當訪問學者，摒除任何雜事之干擾，真正做到埋首圖書館的樂趣。尤其是第二次，我在紐海汶(New Haven)和艾蒙頓(Edmonton)兩個校區，除了跟學校同事略有來往之外，那就是影印資料跟讀書，真是樂趣盈然。在此，我可得要特別感謝夏大的李英哲、謝信一、鄭良偉、羅錦堂和馬幼垣這些亦師亦友的教授；耶魯的孫康宜和鄭愁予，他們本身都是詩人，可談的話題當然就更多了。在亞伯達大學除了高辛勇兄為舊識之外，我還認識了林鎮山、謝慧賢和剛在省府退休的東方白，比較文學系的 Milan V. Dimic、Steven Tötösy 和 Ted Blodgett（第二年我再到該校時，他就榮獲了加拿大最高文學獎「總督文學獎」）。高和謝都極是熱誠熱心，我確實是經由他倆的推介才逐漸認識起加拿大文學的；我在亞大校園草就的一些後現代詩，高可還是第一位讀者呢。對於他們，秀才人情，真的該在此衷心「謝謝」他們。

就台灣詩歌的發展而言，八十年代中期即已進入後現代主義，我那時還在掙扎著要不要立即切入這個潮流之中。閱讀與教授後現代詩歌是一回事，自己真正往這條路子走又是另一回事。後現代主義所「強調」的多元與遊戲意識可真是值得吾人重視與加以開發的路徑。記得1990年10月27日，大馬華文作協與南洋商報在吉隆坡為我安排了一次座談會，我在略事探討了台灣的後現代詩歌發展之後下來，當地有一位頗富名氣的詩人對我說，他還不曉得後現代主義竟然還有這麼多訣竅可資借鑑以及運用！另一件事是，1995年暮春我到了艾蒙頓亞伯達大學校園，有一天晨早起來，拉開窗簾向外一望，發覺閣樓旁的榆樹都已略現綠意，然後過了兩三天，這些綠意似都像點燃著了起來。這幾天裡，我似在一股微醺下，一咕碌頭兒栽入創作的衝動之中，一口氣就寫就了六七首後現代詩，不僅一點窒礙都沒有，而且寫後感到非常舒暢。這是我平生第一次有這種痛快、舒解感受，是否可名之為頓悟或是開竅已屬不重要了。

後現代的文本觀念是值得吾人無限地加以開拓的，就像其他許多藝術的媒介一般，做為吾人據以補捉符旨的媒介工具符具，它們都是一些原本就有缺陷的符號而已，吾人利用這些符具所能攫住的所謂真實可永遠都是一種尋索或逼臨過程而已。這麼說來，吾人所一直就認為是固住了現實界的文本，其實只是懸空的東西；符具的追索永遠都只是逼臨或是殘缺不全的。在某種意義而言，創作確實是一種優雅、精緻的符具遊戲而已。這麼追問下來，文學創作本來就不必為具有載道或不載道這樣的問題爭辯不休的；任何嚴肅的藝術創作本就都應該只是遊戲的入神狀態而已。

我的後現代文本追求的只是一種放鬆或入神而已，其實這就夠嚴肅得不得了了。我的研究助理胡金倫和賴淑芬、博導生陳大為博士和系秘書卜蘭妮都曾幫我打字、校對，在此誌謝；沒有他們的協助，這本小冊子不知又要拖到哪一年才會出版呢。

國家圖書館出版品預行編目資料

我想像一頭駱駝：陳慧樺詩集／陳慧樺作. —
初版. --臺北市：萬卷樓, 民 92
面； 公分

ISBN 957-739-430-2(平裝)

851.486 92001092

我想像一頭駱駝

著　　者：陳慧樺
發 行 人：楊愛民
出 版 者：萬卷樓圖書股份有限公司
臺北市羅斯福路二段 41 號 6 樓之 3
電話(02)23216565・23952992
FAX(02)23944113
劃撥帳號 15624015
出版登記證：新聞局局版臺業字第 5655 號
網　　址：http://www.wanjuan.com.tw
E-mail：wanjuan@tpts5.seed.net.tw
經銷代理：紅螞蟻圖書有限公司
臺北市內湖區舊宗路二段 121 巷 28 號 4F
電話(02)27953656(代表號)　傳真 (02)27954100
E-mail：red0511@ms51.hinet.net
承印廠商：晟齊實業有限公司
定　　價：180 元
出版日期：民國 92 年 2 月初版

（如有缺頁或破損，請寄回本公司更換，謝謝）

ISBN 957－739－430－2